Göttin Diva

Über mich „Tascha Wein"

Ich bin am 5. Oktober 1979 geboren und habe im Jahre 2004 meine Ausbildung als Steuerfachangestellte bestanden, obwohl ich während der Ausbildung mit einer psychischen Erkrankung zu kämpfen hatte. Ich habe Schizophrenie. Mittlerweile habe ich mich mit dieser Krankheit auseinandergesetzt und arrangiert. Ich liebe alles Kreative und da ich mir als Kind schon immer fantasiereiche Geschichten ausgedacht habe, habe ich mich dazu entschlossen meine Geschichten mit der Welt zuteilen. Das ist meine Leidenschaft, dass ist was ich Liebe und dass ist wofür mein Herz schlägt.

Bibliografische Information der Deutschen Nationalbibliothek:
Die Deutsche Nationalbibliothek verzeichnet diese Publikation in der
Deutschen Nationalbibliografie;
detaillierte bibliografische Daten sind im Internet über
http://dnb.d-nb.de abrufbar.
© 2015 Tascha Wein
Umschlaggestaltung, Herstellung und Verlag: BoD- Books on Demand
Coverillustration: Daniela Henninger
ISBN: 978-3-7392-5771-6

Vorwort

Ich bin Prinzessin Genevieve, ich bin siebzehn Jahre alt und ich bringe den Tod. An meinem fünfzehnten Geburtstag bekam ich ein seltsames Fieber, das bisher kein Arzt zu heilen vermochte. Mir wurde abwechselnd heiß und kalt, nachts war es am schlimmsten. Ich bekam regelmäßig Schweißausbrüche und zwischendurch Schüttelfrost. Die Ärzte kamen aus allen Regionen des Landes, doch helfen konnte mir niemand. Einigen brachte ich sogar den Tod, denn jeden den mein Atem trifft fällt unweigerlich Tod zu Boden. Das Fieber hatte sich nach einigen Tagen wie von selbst wieder gelegt, aber an meinem todbringenden Atem hat sich nichts geändert. Alle fürchten sich vor mir, sie sagen auf mir würde ein Fluch lasten und deswegen nennen sie mich Prinzessin eisiger Hauch. Deshalb hat mein Vater König Gavin mir befohlen meinen Mund mit einem Schleier zu bedecken und bat mich, meine Gemächer nicht zu verlassen. Ich lebe im wunderschönen Königreich Taragon, das mit einer wunderschönen Landschaft gesegnet ist. Wiesen so weit das Auge reicht, perfekt für einen kleinen Ausritt. Ich bin früher oft über die Felder geritten, doch ich habe schon seit etwa zwei Jahren nichts mehr von Taragon gesehen, außerhalb meiner eigenen Gemächer, das ist mein Gefängnis mit goldenen Türen. Ich werde

Taragon immer als ein schönes grünes Fleckchen Erde in Erinnerung behalten und ich hoffe, dass ich es bald wieder sehen werde.

Meine Gemächer sind sehr hübsch eingerichtet, es sind zwei Räume die fließend in einander übergehen. In der Mitte von einem der Beiden Räume steht mein Bett, ein Himmelbett mit weißen Leinen umhüllt und eine riesige Truhe in denen ich meine Kleidung aufbewahre. Zudem beinhaltet der Raum einen Waschtisch mit einem großen Spiegel. Und in dem anderen der Beiden Räume steht ein runder, mit Gold verzierter Tisch, mit zwei passenden Stühlen dazu, dort Speise ich. Zu meinen Gemächern zählt auch ein kleiner Rosengarten, der an meine Räumlichkeiten angrenzt. In der Mitte dieses Gartens befindet sich ein kleiner Springbrunnen, in ihm sind wunderschöne Figuren hinein gemeißelt. Ich verbringe die meiste Zeit in dem Garten, ich sitze am Rand des Springbrunnens und genieße die Sonne. In meinen Räumlichkeiten steht zusätzlich noch ein Klavier, mit dem ich mir die Zeit vertreibe. Dieses Instrument beherrsche ich seit meinem sechsten Lebensjahr, doch mein Musiklehrer ist nach bekannt werden meiner Krankheit oder wie auch immer ich es nennen soll, vor mir geflohen. So wie viele andere Bedienstete die dicht in meiner Nähe ihre Pflicht zu erfüllen hatten.

Ich lebe fast völlig isoliert von jeglicher Menschenseele, ab und zu kommt meine Zofe Elena um mir mein Essen zu bringen und mir beim ankleiden zu helfen. Auch sie fürchtet sich vor mir, aber zu mindestens ist sie nicht vor mir davon gelaufen, so wie viele andere. Sie ist inzwischen wie eine gute Freundin für mich geworden, denn trotz ihrer Furcht hat sie eine gute Seele und ich schätze sie sehr. Aber mein engster Vertrauter ist mein Zwillingsbruder Prinz Tristan. Wir können uns einfach alles erzählen, unsere Wünsche, aber auch unsere Ängste. Obwohl unser Vater es ihm untersagt hat mich in meinen Gemächern zu besuchen, kommt er doch regelmäßig zu mir. Mein Vater fürchtet ich könnte ihn versehentlich mit meinem Atem berühren, was wohl seinen sicheren Tod bedeuten würde und ihm somit seinen einzigen Thronerben nehmen. Der Rosengarten der an meine Gemächer grenzt, ist von einer hohen Mauer umgeben, Prinz Tristan klettert jede Nacht heimlich über die Mauer um zu mir zu gelangen. Er bringt mir ständig neue Lieder mit, die ich auf meinem Klavier spielen kann. Er wird eines Tages König werden und dann über ganz Taragon regieren, er wird zweifellos ein guter König werden. Da bin ich mir ganz sicher.

Er soll schon bald mit Prinzessin Veronique aus dem Nachbarkönigreich Keverne vermählt werden. Sie ist sehr hübsch mit ihrem dichten schwarzen Haaren und ihren braunen Rehaugen, doch sie soll auch sehr verwöhnt sein. Sie hat viele Heiratsanträge abgelehnt und ich denke, dass sie letzten Endes Tristans attraktivem Aussehen erlegen ist. Aber vielleicht will sie sich auch nur ein wohlhabenderes Königreich wie ihr eigenes angeln, ins besondere dann wenn es einen so hübschen Prinzen hat. Prinz Tristan schwärmt über alle Maßen von ihr, er ist ebenfalls begeistert von ihrem äußeren und zudem mag er ihre lebendige Art. Sie ist in der Tat eine Augenweide, doch er steht ihr in dem Punkt in nichts nach. Er hat leuchtend blondes Haar und strahlend blaue Augen, seine Wangenknochen sind nahezu perfekt. Doch ich schätze an ihm am meisten seine liebevolle Art und ich würde niemals zulassen, dass ihn irgendjemand ins Unglück stürzt.

Unsere Mutter, Königin Cassandra, starb bei unserer Geburt, wir haben sie also nie kennen gelernt, aber sie soll eine wunderschöne Frau gewesen sein, ein Ebenbild meines Bruders. Ich habe leider nichts von ihr geerbt. Sie hatte lange glatte blonde Haare, meine Haare dagegen sind gelockt und so goldbraun wie meine Augen. Im Schloss hängen noch unzählige Gemälde von ihr und meinem Vater an den Wänden. Mein Vater hat dunkelbraunes Haar und ich kann auch bei ihm keine Ähnlichkeiten mit mir entdecken.

Mein Vater König Gavin bringt mir regelmäßig pompöse Geschenke aus den Nachbarstädten und anderen Königreichen mit, hauptsächlich Kleider und Schmuck. Ich glaube dass er damit wieder Gut machen will, dass ich in einem goldenen Käfig leben muss und niemals meine Gemächer verlassen darf. Ach eigentlich weis ich, dass er es im Grunde genommen nur gut mit mir meint. Ich spüre dass er mich liebt und es zutiefst bedauert, dass ich so leben muss. Aber da ist noch etwas in seinem Blick, mein Gefühl sagt mir, dass er mir etwas verheimlicht. Doch irgendwann werde ich herausfinden was es ist.

Kapitel 1

Heute war mein und Tristans achtzehnter Geburtstag, aber die Feier wird wohl eher in kleinem Kreis stattfinden. Doch am liebsten hätte ich eine richtige große Geburtstagsfeier mit vielen Gästen, Musik und Tanz. Aber das wird wohl nicht möglich sein, denn die meisten Gäste würden wohl eher schreiend vor mir davon laufen, sie würden sich vor mir fürchten. Tristan verzichtet wegen mir auf eine große Geburtstagsfeier.

Als ich aus dem wunderschönen Traum von einer riesigen Geburtstagsfeier erwachte, stand meine Zofe Elena schon neben meinem Bett, sie hielt eine große Schachtel in den

Händen. Sie überreichte sie mir mit den Worten: „Dies hier ist von König Gavin, er möchte, dass ihr es heute an eurem Geburtstag tragt."
Ich öffnete die Schachtel und zog ein wunderschönes weißes Kleid heraus, das mit Gold und vielen Edelsteinen verziert war. Es war ein wirklich prunkvolles Kleid und es ist sicher sehr teuer gewesen. Ich fragte mich für wenn ich dieses Kleid wohl tragen würde, es würde niemand sehen außer mein Bruder vielleicht. Wenn er heute Nacht zu mir in den Rosengarten kommt. Darauf freue ich mich schon.
Elena half mir dabei das Kleid anzuziehen, mit den vielen Edelsteinen war es ziemlich schwer. Danach steckte sie mir die Haare zu

einer kunstvollen Hochsteckfrisur zusammen. Ich sah in dem Kleid und mit den hochgesteckten Haaren gar nicht mal so übel aus. Dann brachte Elena mir mein Frühstück, sie stellte es auf den mit Gold verzierten Tisch, wünschte mir einen Guten Appetit und ging dann schleunigst wieder. Als sie ging nahm ich den Schleier von meinem Mund um mein Frühstück zu genießen, dass heute an meinem Geburtstag besonders üppig ausfiel. Es gab Brötchen und einen großen Käseteller mit verschiedene Käsesorten zum Frühstück

Als ich gespeist hatte rief ich nach Elena, damit sie den Tisch wieder abräumen konnte. Sie blieb wie versteinert an der Tür stehen und sah ängstlich zu mir rüber. Sie sagte mit zittriger Stimme: „Euer Mund, der Schleier..., ihr tragt euren Schleier nicht."

Ich wusste sofort wovon die Rede war. Ich hatte meinen Mund noch nicht wieder mit dem Schleier bedeckt, deshalb kam sie nicht näher. Ich tat ihr den gefallen und bedeckte meinen Mund wieder mit dem Schleier, damit sie beruhigt den Tisch abräumen konnte.

Plötzlich klopfte es an der Tür. Elena lief eiligst in Richtung Tür, um sie zu öffnen. Doch sie kam zu spät, die Tür öffnete sich bereits. Mein Vater König Gavin stattete mir einen Besuch ab. Er fragte: „Na mein Kind, gefällt dir das Kleid?" Und ohne eine

Antwort abzuwarten fügte er hinzu: „Du siehst einfach bezaubernd aus!"

Mein Vater besuchte mich nur äußerst selten, deshalb freute ich mich so sehr ihn zusehen, dass ich aufstand und auf ihn zu lief um ihn zu umarmen. Doch mein Vater fürchtet sich sehr vor mir und deshalb schreckte er zurück. Ein wenig enttäuscht blieb ich kurz vor ihm stehen und seufzte.

Als ich mich von meiner Enttäuschung wieder erholt hatte, rang ich nach Luft und sagte: „Ja, das Kleid ist wunderschön, Vater."

„Ich habe es von einem Händler in Keverne gekauft, der behauptet hat, dass es aus dem Königreich der Götter stammt. Aber das ist eigentlich nicht das, vorüber ich mit dir reden wollte."

„Was dann Vater, erzähl schon", löcherte ich ihn.

„Es gibt einen neuen Arzt in Taragon und er möchte versuchen dich zu heilen."

„Aber..." stotterte ich, „es ist viel zu gefährlich. Du weißt doch was mit den anderen Ärzten passiert ist."

„Das habe ich ihm bereits erzählt und er sagte mir, dass er dies bereits gehört habe und er es trotzdem versuchen will."

„Ich weiß nicht, dass kann ich nicht verantworten."

„Ich habe bereits einen Termin mit ihm vereinbart, er wird morgen Nachmittag zu gegen sein, also bereite dich darauf vor. Aber das sind noch nicht alle Neuigkeiten, ein Prinz aus einem fernen Land, dass ich noch nie gehört habe, hat um deine Hand angehalten."

„Wie kann das sein, fürchtet er sich den nicht vor mir?"

„Anscheinend nicht!"

„Aber er weiß doch gar nicht wie ich aussehe und wer ich bin!"

„Deshalb wirst du heute Abend mit ihm gemeinsam Speisen."

„Na schön, aber wenn er mir nicht gefällt, dann werde ich ihn nicht heiraten."

„Oh, er wird dir gefallen. Er ist ein Mann, der jeder Frau gefallen würde."

„Wie kannst du, dir da so sicher sein. Was ist mit Liebe? Ja, was ist wenn ich mich nicht in ihn verliebe."

„Glaub mir, du wirst dich in ihn verlieben!"

Und mit diesem Satz verschwand er wieder, in Richtung Tür. Als er die Tür hinter sich schloss, kam Elena freudestrahlend auf mich zu und meinte: „Das sind ja tolle Nachrichten oder was meint ihr und seit gewiss, er wird euch gefallen."

„Wieso habt ihr ihn schon gesehen?"

„Ja, er ist gestern Abend hier aufgetaucht und hat nach euch gefragt."

„Wie sieht er aus?"

„Oh, er ist wirklich Bildhübsch. Aber er hat auch etwas Unheimliches an sich, er ist ganz in schwarz gekleidet. Er hat dunkles Haar und leuchtend blaue Augen, sein Gesicht ist wirklich wunderschön, aber er sollte sich mal rasieren."

„Hoffentlich habt ihr Recht und er ist der richtige für mich."

„Ganz sicher!"

Als Elena den Tisch abgeräumt hatte verließ sie meine Gemächer wieder und ich ging in den Rosengarten, morgens ist er besonders schön. Dort verbrachte ich den ganzen Vormittag, bis die Wolken sich verdunkelten und ein gewaltiges Gewitter den Himmel beherrschte. Darauf folgte ein gewaltiger Regenschauer. Elena erzählte mir mal, dass das Wetter seit meiner und Prinz Tristans Geburt so launisch sei. Man könnte fast sagen es lege an uns, aber ich glaube langsam es liegt an mir. Den Rest des Tages spielte ich auf meinem Klavier.

Am Abend dann der große Augenblick, an dem ich ihn endlich begutachten konnte. Er sah teuflisch gut aus, er war sogar noch ein wenig hübscher als mein Bruder Tristan. Aber er und Tristan hatten absolut gar nichts gemeinsam, sie waren Beide auf ihre eigene Art und Weise Bildschön. Ich hoffe nur, dass sein Charakter seinem Aussehen entspricht. Aber mit einem muss ich Elena Recht geben, er hat etwas Unheimliches an sich.

Mein Vater betrat ebenfalls den Raum und stellte mir den Prinzen vor: „Das ist Prinz Luka aus dem weit entfernten Königreich Neville. Er ist von weit her gereist nur um dich zu sehen."

So standen sie beide nun vor mir, sie hatten sich sogar beide frisch rasiert und ich antwortete nur leicht wortkarg: „Nun hier bin ich".
Der Prinz sagte höflich: „Wollen wir uns nicht setzen?"
Elena rannte zu dem Tisch und servierte hastig das Essen. Prinz Luka ging zu dem Tisch und rückte mir den Stuhl zu Recht. Ich setzte mich und daraufhin setzte er sich ebenfalls. König Gavin und Elena verließen den Raum. Während des Essens wurde kaum gesprochen, er schien mir ebenfalls sehr wortkarg zu sein, wie ich. Ich fühlte mich irgendwie zu ihm hingezogen obwohl ich ihn ja eigentlich kaum kannte. Er wirkte auch etwas unterkühlt und ich hätte eigentlich lieber einen warm-

herzigen Mann, wie Tristan gehabt. Dachte ich zumindest immer. Von ihm ging auch irgendetwas bedrohliches aus, dass spürte ich.

Ich denke ich sollte ihn erst einmal richtig kennenlernen, bevor ich mir vor schnell ein Urteil über ihn erlaube. Also musste ich ihn irgendwie ausfragen, um etwas über ihn in Erfahrung zu bringen. Ich fragte ihn: „Hast du noch Geschwister?"

Er antwortete kurz und knapp „Nein"

„Wo liegt das Königreich Neville?"

Er antwortete nicht, von ihm kam nur ein mürrisches grummeln und auch auf die anderen Fragen die ich ihm den Abend über stellte, bekam ich keine vernünftige Antwort. Er wich all meinen Fragen aus und ich spürte,

dass er etwas zu verbergen hatte. Eins stand jedenfalls fest mit reden würden wir den Abend nicht verbringen. Doch auf eine Frage brauchte ich eine Antwort und zwar:
„Habt ihr keine Angst vor mir?"
„Nein, ihr könnt den Schleier ruhig abnehmen."
„Wirklich. Warum habt ihr keine Angst vor mir?"
Die Antwort auf diese Frage blieb er mir schuldig aber die Antwort die er mir bereits gegeben hatte, reichte mir schon. Er fürchtete sich also nicht vor mir, aber warum nicht und warum blieb er mir so viele Antworten schuldig? Was hatte er nur zu verbergen?
Der Abend ging rasch zu Ende und er versprach mir am folgenden

Abend wieder zu kommen, um sich eine Antwort abzuholen.

Nachdem Abendessen versprach ich meinem Vater, dass ich über das Heiratsangebot nachdenken werde. Aber ich wollte auf keinen Fall vor Tristan heiraten, denn ich hoffte dabei sein zu können, wenn er sich mit Prinzessin Veronique vermählt. Obwohl das wohl sehr unwahrscheinlich sein wird, da ich meine Gemächer nicht verlassen darf. Also hoffte ich, dass der Arzt mir wirklich helfen konnte, aber viel Hoffnung hatte ich nicht.

Als sie alle meine Gemächer wieder verlassen hatten, ging ich in den Rosengarten um auf Tristan zu warten. Es war schon spät und ich dachte schon er würde nicht mehr kommen, bis ich seinen Haarschopf über die große Mauer ragen sah. Ich hörte seine Stimme fluchen, anscheinend hatte er sich an einer der Rosendornen verletzt. Dann hatte er es endlich geschafft und stand freudestrahlend vor mir, mit einem kleinen Bündel in den Händen. Ein Geschenk für mich zu meinem Geburtstag. Er überreichte es mir mit einer Umarmung. Ich ahnte bereits vor dem Öffnen was drin war und zwar ein Paar Notenblätter, wie immer. Aber ich freute mich riesig wieder ein Paar neue Lieder auf meinem Klavier spielen zu können. Er drängte „öffne es".

Ich antwortete „aber ich weiß doch was drin ist".

„Nein, dass weist du nicht. Öffne es."

„Okay!"

Und ich sollte Recht behalten, in dem Bündel befanden sich tatsächlich Notenblätter, wie bereits vermutet. Doch in dem Bündel war noch etwas anderes, ein Medaillon mit einem Bild von Tristan darin. Ich hielt ihm lächelnd das Bild hin und er sagte: „Ich möchte, dass du mich in Erinnerung behältst, wenn du fort gehst".

„Wieso sollte ich fort gehen?"

„Weil du bald heiraten wirst."

„Aber das steht doch noch gar nicht fest und wenn dann sowieso erst nach deiner Vermählung mit Prinzessin Veronique."

„Du kannst es trotzdem tragen. Es stammt aus dem Königreich der Götter, hat mir der Händler erzählt."

„Las mich raten, ein Händler aus Keverne."

„Ja, vorher weist du das?"

„Weil unser Vater mir erzählt hat, dass er dieses Kleid ebenfalls von einem Händler aus Keverne gekauft hat, der ihm auch sagte, dass es aus dem Königreich der Götter stammt."

„Dann sind wir sicher auf den gleichen Händler hereingefallen."

„Ja, offensichtlich."

Da fingen wir plötzlich Beide an zu lachen. Den Rest des Abends spielte ich Tristan die neuen Lieder auf meinem Klavier vor.

Kapitel 2

Ich lag noch die ganze Nacht wach und meine Gedanken drehten sich nur um Prinz Luka. Was hatte er nur zu verbergen und er hatte was zu verbergen, dass stand fest. Warum sonst war er jeder Frage ausgewichen?
Doch am nächsten Tag hatte ich andere Gedanken, ich fieberte aufgeregt meinem Arzttermin entgegen. Vielleicht konnte er mir ja tatsächlich helfen, das wäre doch großartig dachte ich. Am späten Nachmittag dann der große Augenblick, es klopfte an der Tür. Elena öffnete sie und der Arzt stand in der Tür. Er sah gar nicht aus wie ein Arzt, er war viel zu jung. Als er

eintrat starrte er mich an, mit den Worten: „Königin Kessallia...".

Ich antwortete: „Nein, ich bin Prinzessin Genevieve".

Daraufhin stotterte er: „Das Kleid und äh..."

„Was ist mit dem Kleid?"

Als er sich wieder gefasst hatte, blieb er mir die Antwort auf meine Frage schuldig. Er ging auf mich zu und stellte sich vor: „Gestatten ich bin Dr. Norrington".

Also eins stand fest, er war nicht der, für den er sich ausgab. Er hatte eindeutig gelogen, aber warum? Ich beschloß erst einmal sein Spiel mit zuspielen. „Ihr könnt mir helfen?"

„Ja!"

„Und ihr habt keine Angst, dass ich euch töten könnte."

„Nein!"

„Na schön, dann fangt an mich zu behandeln."

„Nehmt den Schleier herunter."

Ich tat was er sagte und nahm den Schleier von meinem Mund. Ich war mir sicher, dass ich ihn mit meinem Atem berührt hatte, doch er viel nicht wie all die anderen Tod zu Boden. Ich hauchte ihn mehrmals an, aber es geschah nichts. Es schien als wäre er immun gegen meinen Atem. Dann begann er mir eine bestimmte Atemtechnik bei zubringen, die andere vor mir schützen sollte.

Als Elena mir das Abendessen brachte, sagte Dr. Norrington oder wer immer er auch war: „Ich werde morgen wieder vorbeischauen und die Atemtechnik mit euch weiter üben."

Im selben Augenblick als Dr. Norrington in Richtung Tür lief, öffnete diese sich und Prinz Luka stand in der Tür. Dr. Norrington wurde Kreidebleich und Prinz Luka warf ihm einen bösen Blick zu, offensichtlich kannten die Beiden sich. Aber ich konnte mir beim Besten Willen nicht vorstellen was die Beiden miteinander zu tun hatten.

Elena stieß mich mit dem Ellenbogen an und sagte: „Ihr tragt euren Schleier nicht."

Prinz Luka sagte laut und deutlich zu Elena: „Den braucht sie nicht mehr, nicht bei mir."

Ich schaute ihn sprachlos an und fragte: „Warum habt ihr keine Angst vor mir?"

Er antwortete: „Ich fürchte mich nicht vor dem Tod."

Mit diesen Worten setzte er sich zu mir an den Tisch, wünschte mir wie am Tag zuvor einen Guten Appetit und reichte mir den Fleischteller herüber. Ihn berührte ich ebenfalls mit meinem Atem und auch ihm schien das nichts auszumachen, obwohl ich die neue Atemtechnik noch gar nicht richtig beherrschte. Wer war Prinz Luka und wer war Dr. Norrington? Eines stand fest beide waren immun gegen meinen eisigen Hauch, aber wie war das möglich?

Auch an diesem Abend schien Prinz Luka nicht sehr gesprächig zu sein.

Es hatte den Anschein als hätte er gar kein Interesse an mir. Warum wollte er mich heiraten? Dann plötzlich als wir aufgegessen hatten, fragte er: „Habt ihr euch entschieden?"
Ich antwortete knapp „Nein!"
Er schaute mich verblüfft an und fragte: „Ist die Entscheidung denn so schwer?"
„Nun, ich weiß doch kaum was über euch."
„Was wollt ihr wissen?"
„Ihr seid bereits all meinen Fragen ausgewichen, warum?"
„Nun ja, wie soll sagen, ich rede nun mal nicht gerne über mich."
„Warum nicht?"
Er antwortete nicht und ich konnte spüren, dass er mich hasste, aber

ich wusste nicht warum. Wenn er mich tatsächlich hasste welchen Grund hatte er denn noch mich zu heiraten? Dann fragte er zornig und ein wenig verzweifelt: „Warum wollt ihr mich nicht heiraten?"

Ich stellte ihm daraufhin im selben Tonfall eine Gegenfrage: „Warum wollt ihr mich den unbedingt heiraten?"

Auch hierauf antwortete er nicht. Ich hatte seinen Stolz verletzt, er war offensichtlich nicht darauf vorbereitet gewesen, dass er für eine Frau mehr tun müsste als nur gut auszusehen. Ja ich denke, dass die Frauen bei ihm zu Hause nicht so viele Fragen stellten und nicht von ihm verlangten, dass er mit ihnen über irgendetwas sprach. Ich hatte seinen Stolz verletzt und ich konnte spüren, dass er eine große Last mit sich herum schleppte was auch immer es war.

Er sprang auf und lief Richtung Tür, als er gegangen war, trat Elena ein und fragte: „Ist alles in Ordnung"?

Ich nickte und bedeckte meinen Mund wieder mit dem Schleier. Elena räumte den Tisch ab, während ich in den Rosengarten ging um auf Tristan zu warten. Als er endlich da war, beauftragte ich ihn damit mehr über Prinz Luka und Dr. Norrington herauszufinden.

Am nächsten Morgen wurde ich von den Sonnenstrahlen geweckt. Eine kurze Zeit später öffnete sich die Tür zu meinen Gemächern und Elena trat ein, um ihr übliches Tagewerk zu verrichten. Das beinhaltete mich zu

wecken, mir beim ankleiden und frisieren zu helfen. Ich folgte ihren Anweisungen wie in Trance, denn ich konnte diesen Morgen an nichts anderes mehr denken außer an Prinz Luka. Ich hatte ihn gekränkt, ihn verletzt und ihn gedemütigt, weil ich ihn nicht sofort heiraten wollte. Aber man konnte doch wohl kaum von mir verlangen einen Mann zu heiraten den ich kaum kannte, oder?
Als Elena mir mein Frühstück brachte, betrat mein Vater meine Gemächer und setzte sich zu mir an den Frühstückstisch. Ich ahnte bereits was er mir zu sagen hatte. Ich begrüßte ihn erst einmal und sagte gelassen: „Guten Morgen Vater."
Mein Vater antwortete nicht, er schien etwas auf dem Herzen zu

haben. Schließlich fragte er: „Warum willst du Prinz Luka nicht heiraten?"

„Weil ich ihn nicht kenne!"

„Aber ihr hattet doch bereits Gelegenheit euch besser kennen zu lernen."

„Ja schon, aber er weicht all meinen Fragen aus, ich weiß rein gar nichts über ihn."

„Ach mein Kind, was muss man den schon großartig über ihn wissen? Er ist wie er gesagt hat, ein Prinz aus dem weit entfernten Königreich Neville und er ist von so weit her gereist nur um dich zu bitten seine Gemahlin zu werden."

„Ja, vielleicht hast du Recht, aber das reicht mir nicht."

„Ich konnte ihn gerade noch davon überzeugen nicht abzureisen. Tristan

hat ihn zu seiner Vermählung mit Prinzessin Veronique eingeladen. Also wird er bis dahin bei Hofe sein und weiter hin jeden Abend mit euch speisen. Das heißt, dass du bis Tristans Hochzeit Gelegenheit hast ihm doch noch dein Jawort zugeben."
Für meinen Vater stand es anscheinend bereits fest, dass ich Prinz Luka heiraten würde. Ich war mir da nicht so sicher, weil ich ihn schlecht einschätzen konnte, aber ich fühlte mich irgendwie zu ihm hingezogen. Ich spürte das es etwas in seinem Leben gab, dass ihn sehr verletzt hatte und er vielleicht gar nicht dieser kühle Eisklotz war, den er vorgab zu sein. Das machte mir Hoffnung, doch noch einen gefühlvollen Mann abzubekommen. Dennoch nahm ich

mir vor vorsichtig zu sein, denn schließlich hatte er ja auch noch eine bedrohliche Seite an sich, die sich nicht leugnen ließ.

Um vom Thema abzulenken fragte ich meinen Vater: „Was ist eigentlich mit Dr. Norrington? Wer ist er und wo kommt er her?"

Mein Vater antwortete: „Er stand mit einem mal vor dem Schlosstor und sagte, dass er mich sprechen wolle. Daraufhin sagte er mir, dass er Arzt sei und von dir gehört habe. Dann meinte er, er könnte dich heilen und na ja den Rest kennst du ja."

„Du hast einen Arzt in meine Gemächer gelassen, den du nicht kennst und von dem du nicht einmal weist wo er her kommt!"

„Nun, es gibt nun mal nicht viele Ärzte die sich nach den Vorfällen mit dir, noch hier her wagen und du brauchst nun mal einen Arzt."

„Dr. Norrington hat mir eine bestimmte Atemtechnik gezeigt, mit der ich niemandem mehr Schaden zufügen kann. Er wollte heute noch einmal nach mir sehen und mit mir weiter daran üben."

„Das sind ja gute Neuigkeiten, mein Kind! Also war es ja wohl die richtige Entscheidung Dr. Norrington diesen Fall anzuvertrauen, oder!"

„Ja, wahrscheinlich hast du Recht und ich bin grundlos misstrauisch."

„Ja, ganz sicher!"

Mit diesen Worten verschwand mein Vater wieder aus meinen Gemächern. Ich hoffte dass er Recht hatte und Dr. Norrington nur gute Absichten hatte. Aber warum hatte er mich Kessallia genannt, wer war Kessallia? Aber ich spürte irgendwie, dass er ein netter Kerl war und seine Anwesenheit mir sicher nicht schaden würde. Im Gegenteil ich war froh über seine Gesellschaft, wo ich doch zuvor die meiste Zeit des Tages allein verbracht hatte. Doch seitdem Dr. Norrington und Prinz Luka mir hin und wieder Gesellschaft leisteten verging der Tag wie im Flug. Ich hatte kaum noch Zeit um die neuen Lieder, die Tristan mir geschenkt hatte, auf meinem Klavier zu spielen.

Wie am Tag zuvor kam Dr. Norrington am späten Nachmittag zu mir, wir übten weiter an meiner Atemtechnik. Nach der gestrigen Begegnung mit

Prinz Luka, war er sehr still und man merkte, dass ihn etwas bedrückte. Plötzlich flüsterte er: „Ihr dürft Prinz Luka nicht heiraten":
„Warum nicht, was stimmt nicht mit ihm."
„Vertraut mir einfach."
„Wer seit ihr."
„Ich bin euer Freund und wahrscheinlich einer der wenigen der euch helfen kann."
„Wer ist Kessallia. Ihr habt mich bei unserem ersten treffen, Kessallia genannt."
„Danach müsst ihr euren Vater, König Gavin, fragen!"
„Was hat er damit zu tun?"
„Fragt ihn!"
Ich war etwas verwirrt aber ich wusste ja, dass mein Vater irgendetwas

verheimlichte, ich wusste nur nicht was. Aber mit einem war ich mir ganz sicher, Dr. Norringten konnte ich vertrauen. Nun blieb nur noch die Frage, warum durfte ich Prinz Luka nicht heiraten und woher kannten die Beiden sich überhaupt? Diese Antwort wollte Dr. Norrington mir offensichtlich nicht geben. Also übte ich mit ihm weiter an meiner Atemtechnik. Als ich die Atemübung beherrschte meinte er: „Gut gemacht, ihr habt den Dreh raus. Es wird Zeit euch zu testen."

Ich antwortete erschrocken: „Wie wollt ihr mich testen?"

„Nein, nicht doch. Ich werde es nicht an Menschen testen."

„Aber wie denn dann?"

„Wie wäre es mit einem Schmetterling aus eurem Rosengarten?"
Daraufhin gingen wir in den Rosengarten, wo ich einen Schmetterling anhauchte und siehe da, er fiel nicht zu Boden, wie all die anderen an denen ich mich zuvor versucht hatte. Ich hatte diese Atemtechnik also drauf, könnte das bedeuten dass ich nicht mehr in meinen Gemächern bleiben musste, dass ich im Schloss herum gehen konnte? Ich wollte die gute Nachricht sofort hinaus schreien, ich die immer in ihren Gemächern eingesperrt war, konnte nun bei der Hochzeit meines Bruders dabei sein.

Kapitel 3

Kurz nachdem Dr. Norrington gegangen war, kam auch schon Prinz Luka um mit mir zu Abend zu essen. Das erste was er tat, er entschuldigte sich für seinen kleinen Wutausbruch und er versprach mir, mir jegliche Fragen zu beantworten. Ich nahm seine Entschuldigung an und ich beschloß sein Angebot, ihm Fragen stellen zu können, auch zu nutzen. Ich befragte ihn nach Herzenslust und er erzählte mir von seinem Königreich. Sein Königreich soll in einem grünen Tal liegen, dass sich in einem saftigen grün erstreckte. Er beschrieb es so malerisch, dass ich es direkt vor mir sehen konnte. Es war ganz in Weiß gehalten und hatte goldene Dächer, überall waren Figuren hinein gemeißelt. Ich bekam den Eindruck als wäre es ein wohlhabendes Königreich. Er beschrieb es voller Hingabe und Leidenschaft und ich bekam den Eindruck als würde er es lieben. Aber warum hat er mir das erst jetzt erzählt? Bevor er ging fragte ich ihn nach seiner Familie: „Hast du noch Geschwister?"

Er antwortete kurz und knapp: „Nein!"

Ich befragte ihn weiter: „Wie sind deine Eltern?"

Er wich dieser Frage aus und sagte nur: „Okay!"

Ich spürte sofort, dass das gelogen war, also waren seine Eltern nicht okay, sondern wohl eher das Gegenteil davon. Da hatte ich ihn, seinen wunden Punkt. Es war seine Familie die ihn verletzlich machte und ich hatte auf einmal Mitleid mit ihm. Doch was hatte Dr. Norrington gegen ihn. Und ich fragte ihn: „Kennt ihr Dr. Norrington?"

„Ach, nur flüchtig."

Und schon wieder log er. Warum nur? Wer war er und wer war Dr. Norrington. Diese Fragen schlichen mir unwiderruflich im Kopf herum und dann war da ja noch mein Vater der ein Geheimnis hütete. Als Prinz Luka meine Gemächer verließ, wartete ich ungeduldig auf Tristan. Ich hoffte inständig, dass er etwas über Prinz Luka und Dr. Norrington herausgefunden hatte.

Als Tristan zu mir in den Rosengarten kletterte, erzählte ich ihm von meinem heutigen Erfolg mit Dr. Norrington, dass die neue Atemtechnik endlich funktionierte. Begeistert nahm er meinen Schleier vom Gesicht und sagte stolz „bis du dir ganz sicher, dass du dich unter Kontrolle hast?"

„Ja!"

„Weis Vater schon davon?"

„Nein, aber ich werde es ihm so bald wie möglich mitteilen. Hast du schon etwas über Dr. Norrington und Prinz Luka herausgefunden?"

„Nein, keiner in ganz Taragon kennt einen von ihnen, sie müssen also beide von sehr weit her angereist sein. Aber auch vom Königreich Neville hat niemand je gehört. Genevieve, wer sind die Beiden?"

„Keine Ahnung! Aber ich werde es herausfinden, sobald ich meine Gemächer verlassen darf."
„Warum verlässt du sie nicht einfach, ich kann kaum glauben, dass du immer noch hier drin hockst."
„Und die Wachen?"
„Ach das erledige ich."
„Aber dann wird Vater erfahren, dass du dich seinen Befehlen widersetzt hast, um mich zu besuchen."
„Ist mir egal, soll er doch!"
„Aber er wird dir sicher nie mehr vertrauen können. Nein es ist besser, wenn er es von meiner Zofe erfährt."
Gleich nachdem Tristan gegangen war, rief ich nach Elena. Als sie kam erzählte ich ihr von der guten Neuigkeit. Sie war völlig aus dem

Häuschen vor Freude. Ich schickte sie um meinen Vater zu holen. Elena berichtete ihm natürlich sofort alles und es dauerte keine fünf Minuten da stand er auch schon in meinen Gemächern. Er bemerkte, dass ich meinen Schleier nicht trug und fragte daher skeptisch: „Ist das wahr, bist du wirklich geheilt?"
„Ja Vater!"
Er kam langsam auf mich zu, blieb dann aber auf halben Weg stehen und fragte vorsichtig: „Bist du dir wirklich sicher?"
„Ja, ich habe es an Schmetterlingen getestet."
„Okay!"
Er lief freudestrahlend auf mich zu und umarmte mich herzlich, dass hatte er seit langer Zeit nicht mehr

getan, weil er sich vor mir gefürchtet hatte. Aber von jetzt an war das Vergangenheit, endlich! Und nun die alles entscheidende Frage: „Darf ich meine Gemächer verlassen?"

„Ja, aber selbstverständlich!"

Ich freute mich so sehr, dass ich ihn noch einmal drücken musste und er freute sich mit mir. Aber da war ja noch etwas anderes das mich wurmte, wer war Kessallia? Ich schickte Elena nach draußen vor die Tür und mein Vater fragte besorgt: „Was ist los?"

„Wer ist Kessallia?"

„Woher ...?"

„Das spielt keine Rolle Vater! Wer ist Kessallia?"

„Komm las uns in den Rosengarten gehen, dann erzähle ich es dir. Ich hatte eh schon seit langer Zeit, das Bedürfnis es dir und Tristan zu erzählen."

„Okay, dann schieß mal los!"

Und wir gingen in den Rosengarten, dort angelangt berichtete er: „Es war in der Nacht eurer, nein viel mehr war es nur Tristans Geburt."

„Wie bitte, aber Tristan und ich sind doch Zwillinge?"

„Nein, hör mir jetzt gut zu. Du und Tristan ihr wahrt niemals Zwillinge. Ihr seid nicht einmal mit einander verwandt."

„Aber wie kann das sein?"

„Meine Gemahlin Cassandra starb bei der Geburt meines einzigen Sohnes. Tristan ist mein einziger Sohn. Aber auch er starb kurz nach der Geburt."

„Aber Tristan lebt, wie ist das möglich?"

„Kurz nachdem Tristan aufgehört hatte zu atmen, stand eine fremde Frau am Fenster. Sie hielt ein Baby in den Armen und sagte, dass sie Tristans Leben retten könnte. Aber als Gegenleistung musste ich ihr Versprechen, ihr Baby gemeinsam mit Tristan aufzuziehen. Das Baby warst du, Genevieve."

„Und wie hat sie Tristan gerettet?"

„Sie gab mir ihr Kind, beugte sich dann über Tristan und hauchte ihm Leben ein. Daraufhin fragte ich sie wer sie sei und sie antwortete Kessallia und verschwand."

„Wie konnte sie so schnell verschwinden?"

„Sie stieg aus dem offenen Fenster auf ein weißes Einhorn mit Flügeln und flog davon."

„Wirklich, bis du dir sicher!"

„Ja so unglaubwürdig wie es auch scheinen mag, ich bin mir ganz sicher. Ich weiß was ich gesehen habe."

„Na schön, aber wenn ich ihre Tochter bin, warum bringe ich dann den Tod und nicht wie sie das Leben?"

„Keine Ahnung."

„Wieso hast du mir das so lange verschwiegen?"

„Ich hatte Angst dich zu verlieren. Ich dachte wenn du erfährst, dass du nicht meine Tochter bist, würdest du losziehen und deine richtigen Eltern suchen wollen."

„Ja, wahrscheinlich hast du Recht, denn interessieren würde es mich schon wer meine wirklichen Eltern sind."

„Sie gab mir noch etwas für dich, sie sagte wenn du sie jemals finden willst, bräuchtest du es."

„Was ist es?"

„Komm ich zeige es dir."

Mit diesen Worten verließen wir meine Gemächer. Ich war so aufgeregt, nicht nur wegen dessen was er mir zeigen wollte, sondern auch weil ich schon so lange nichts mehr außerhalb meiner eigenen Gemächer gesehen hatte. Ich wusste gar nicht mehr, dass das Schloss so schön war. Überall prangten wunderschöne Gemälde an den Wänden. Jetzt wusste ich auch weshalb ich keine

Ähnlichkeiten mit Königin Cassandra oder König Gavin hatte. Als wir uns endlich in seinen Gemächern befanden, holte er ein altes Musikinstrument heraus, eine Okarina.
„Was sie gab dir eine Okarina?"
„Ja!"
„Aber ich kann doch gar nicht darauf spielen."
„Du wirst es lernen müssen, wenn du sie finden willst. Ich sollte dir dieses Instrument schon an deinem fünfzehnten Geburtstag geben. An dem Tag als du zum ersten mal jemanden mit deinem Atem ..., na ja du weißt schon, getötet hast."
„Warum hast du nur so lange damit gewartet."
„Ganz ehrlich, ich hatte beschlossen sie dir gar nicht zu geben, weil ich

befürchtete dich zu verlieren. Aber nun ist es wohl an der Zeit dir alles zu erzählen!"

„Vater du wirst mich niemals verlieren! Darf ich dich denn überhaupt noch Vater nennen?"

„Bin ich für dich denn noch dein Vater?"

„Du wirst immer mein Vater sein."

Ich umarmte ihn liebevoll und wollte in Richtung Tür gehen, als er mich am Arm packte und besorgt fragte: „Wo gehst du jetzt hin?"

„Ich werde mir ein ruhiges Plätzchen suchen, an dem ich die Okarina ausprobieren kann. Keine Sorge so schnell wirst du mich nicht los! Ich werde in jedem Fall bis zu Tristans Hochzeit hier in Taragon bleiben.

Was ich dann tue weis ich ehrlich gesagt noch nicht."

„Okay!"

Mit diesen Worten ließ er meinen Arm los. Ich verließ seine Gemächer und wollte mich auf den Weg machen um Dr. Norrington zu suchen. Ich war also nicht König Gavins Tochter und auch nicht die Schwester von Prinz Tristan. Dann war ich vielleicht gar keine Prinzessin, aber wer war ich dann? Um das heraus zu finden musste ich Dr. Norrington finden, denn ich denke er kennt die Antwort auf diese Frage. Doch wo konnte er nur stecken, ich hatte schon das ganze Schloss nach im abgesucht. Auf der Suche nach Dr. Norrington beggegnete ich Tristan, der mich

Freunde strahlend umarmte. Ich fragte ihn „hast du Dr. Norrington gesehen?"

Tristan antwortete „Nein, aber warum willst du ihn aufsuchen?"

„Ach das ist nicht so wichtig!"

„Na Gott sei Dank und dachte schon, dass du doch noch nicht geheilt bist oder aus sonstigen Gründen einen Arzt brauchst."

„Nein, mit mir ist alles in Ordnung. Es ist schön meine Gemächer verlassen zu können. Ich habe Taragon schon lange nicht mehr gesehen. Was hältst du davon wenn wir morgen einen kleinen Ausritt machen, das heißt falls ich überhaupt noch reiten kann, schließlich habe ich seit drei Jahren nicht mehr auf einem Pferd gesessen."

„Was für eine verlockende Idee, aber morgen ist mein großer Tag, schon vergessen!"

„Oh ja, deine Hochzeit, wie konnte ich das nur vergessen!"

Kapitel 4

Nun ist es so weit Tristans großer Tag war gekommen. Er würde König werden und Prinzessin Veronique seine Königin. Taragon konnte sich wirklich glücklich schätzen, einen solchen Thronerben zu haben. Aber was war mit mir, sollte ich Prinz Luka heiraten, obwohl mir Dr. Norrington davon abgeraten hatte? Prinz Luka hatte seit meinem und Tristans Geburtstag vor ein paar Tagen jeden Abend mit mir gemeinsam zu Abend gegessen. Dr. Norrigton dagegen war nach meiner Heilung spurlos verschwunden und dass obwohl Tristan ihn zu seiner Hochzeit eingeladen hatte. Aber Tristan meinte er würde bis dahin wiederkommen, er hätte nur etwas zu erledigen. Was auch immer das sein mochte.

Tristans großer Augenblick näherte sich von Minute zu Minute. Elena half mir mein bestes Kleid anzuziehen und das war mit Abstand das Kleid, dass mein Vater mir geschenkt hatte. Elena frisierte mir noch die Haare dazu und schon saß alles perfekt.

So langsam versammelten sich die Gäste im Festsaal. Als König Gavin, Prinz Tristan und ich angekündigt wurden, spaltete sich die Menschenmenge. Wir schritten langsam durch sie hindurch und König Gavin nahm auf dem Thron Platz. Ich und Tristan setzten uns jeweils zu seiner linken und rechten

Seite. Es dauerte einen Augenblick bis die Fanfaren erklangen und Prinzessin Veronique und ihre Familie ankündigten. Zu Prinzessin Veroniques Familie gehörten ihre Eltern König Edward und seine Gemahlin Königin Nicolette, sowie ihr Bruder Prinz Jonas. Als sie angekündigt wurden, erhoben wir uns alle und starrten gebannt zur Tür. Alle im Festsaal standen während Prinzessin Veronique und ihre Familie auf uns zu schritten. Dann wurde die Hochzeitszeremonie abgehalten und Prinzessin Veronique nahm ihren Platz an Prinz Tristans Seite ein. Nun erklang Musik und das frisch vermählte Brautpaar läutete den Tanz ein.

Ich dagegen war damit beschäftigt irgendwo Prinz Luka und Dr. Norrington in der Menge zu entdecken. Prinz Luka hatte ich schnell gefunden er stand in der Menge umringt von weiblichen Verehrerinnen. Da begriff ich erst was er für eine unglaubliche Anziehungskraft auf Frauen hatte. Er sah auch unverschämt gut aus, wie ich bereits feststellen musste. Eins stand jedenfalls fest, er hatte ein leichtes Spiel bei den Damen, warum sollte er sich also mit mir zufrieden geben? Warum wollte er ausgerechnet mich heiraten, wenn er doch die hübschesten Frauen haben konnte?

Keiner im Saal traute sich mich zum Tanz auf zu fordern, anscheinend hatte sich meine wundersame Heilung noch nicht überall herumgesprochen und die meisten fürchteten sich noch vor mir. Mir blieb also nichts anderes übrig als neben meinem Vater zu sitzen und den anderen beim Feiern zu zuschauen. Ach wie gern hätte ich mit den anderen Gästen getanzt und gefeiert. Doch da nahte Rettung denn Prinz Luka hatte offensichtlich bemerkt, dass ich eine Weile zu ihm rüber geschaut hatte und kam nun auf mich zu. Er blieb kurz vor mir stehen und bat um einen Tanz. Ich schaute fragend meinen Vater an und er nickte einfach nur.

Dann ging ich mit Prinz Luka auf die Tanzfläche. Prinz Luka war ein ausgezeichneter Tänzer im

Gegensatz zu mir. Ich hatte seit meinem fünfzehnten Lebensjahr keine Tanzfläche mehr betreten und ich hatte das Tanzen gerade erst zu meinem fünfzehnten Geburtstag gelernt. Ich war also ein wenig eingerostet und stolperte nur so über die Tanzfläche. Als Prinz Luka meine Ungeschicklichkeit bemerkte, wurde er langsamer und zeigte mir die Schritte noch einmal. Prinz Luka brachte mir also das Tanzen bei wer hätte das gedacht. Wie konnte er da so schlecht sein, dass ich ihn laut Dr. Norrington nicht heiraten durfte und wo war Dr. Norrington überhaupt?
Plötzlich entdeckte ich ihn, Dr. Norrington befand sich an einer der Türen die zu dem großen Schlossgarten führten. Ich musste

unbedingt mit ihm sprechen, so gern ich auch weiter getanzt hätte. Ich sagte zu Prinz Luka „können wir eine kleine Pause einlegen, ich hätte gerne noch mit Dr. Norrington gesprochen."
Er ließ mich wortlos gehen und ich ging geradewegs auf Dr. Norrington zu. Als ich mich endlich durch die Menschenmenge gequält hatte und direkt vor ihm stand bemerkte ich, dass sich Dr. Norrington und Prinz Luka ziemlich böse Blicke zu warfen. Was hatten die Beiden nur mit einander? Dr. Norrington sagte dann schließlich: „Lass uns in den Garten gehen."
Da von Dr. Norrington keinerlei Gefahr aus ging, folgte ich seiner Aufforderung. Als wir ein Stückchen

gegangen waren, spürte ich dass wir nicht alleine waren, irgendjemand folgte uns. Ich machte Dr. Norrington darauf aufmerksam und sagte: „Ich glaube wir sind nicht allein!"

Er schüttelte nur den Kopf und meinte: „Ich glaube nicht, dass uns jemand gefolgt ist."

Ich antwortete: „Ja, vielleicht habt ihr recht und ich bilde mir das nur ein."

Dr. Norrington fragte: „Habt ihr mit König Gavin gesprochen?"

„Ja, er hat mir alles erzählt was er wusste. Aber ich habe noch so viele Fragen und dann gab er mir noch dieses Musikinstrument." Ich holte die Okarina hervor und fügte hinzu: „Ich kenne dieses Musikinstrument nicht, ich weiß nicht wie man darauf spielt."

„Keine Sorge, das werde ich euch schon noch beibringen. Aber nun haben wir keine Zeit um lange zu plaudern. Wir sollten jetzt aufbrechen."

„Aufbrechen, aber wo hin denn?"

„Ihr wollt sicher wissen wo ihr her kommt und wo eigentlich euer Platz ist."

„Ja, aber wo her wisst ihr das alles? Wer seid ihr, denn eins steht fest ihr seid nicht der für den ihr euch ausgebt, ihr seid kein Arzt!"

„Stimmt ihr habt recht. Es ist wohl an der Zeit mich vor zu stellen. Ich bin Joel, ein Freund von eurer richtigen Mutter, Kessallia."

„Ihr kennt also meine richtige Mutter. Wie war sie und vor allem wer war sie?"

„Ihr habt sicher viele Fragen, aber wir haben jetzt keine Zeit sie alle zu beantworten."

„Aber wo wollen wir denn hin?"

„Zum Königreich der Götter!"

„Aber dort kann man doch gar nicht hingehen, weil es nicht existiert, das ist doch nur ein Ammenmärchen von den Händlern um ihre Waren zu verkaufen."

„Oh, sagt das nicht! Schließlich tragt ihr ein Kleid und ein Medaillon von dort. Wo habt ihr diese Sachen eigentlich her, denn sie haben mal eurer Mutter gehört."

„Ich habe das Kleid von König Gavin und das Medaillon von Prinz Tristan. Sie haben diese Dinge von einem Händler in Keverne bekommen, der ihnen sagte er hätte diese Dinge aus dem Königreich der Götter."

„Ich frage euch das deshalb, weil eure richtige Mutter diese Dinge am Tag ihres Verschwindens getragen hat. Aber nun kommt wir müssen uns beeilen."

„Aber ich muss mich noch von Prinz Tristan und König Gavin verabschieden."

„Nein, wir müssen heimlich verschwinden, niemand darf etwas davon bemerken und schon gar nicht Prinz Luka!"

„Warum nicht, was ist so falsch an Prinz Luka."

„Das erkläre ich euch, wenn wir auf dem Schiff sind."

„Ein Schiff?"

„Ja, aber nun kommt!"

Ich spürte, dass ich ihm vertrauen konnte und dass er mir helfen wollte. Auch wenn ich es noch nicht so ganz verstand. Kein Wunder er hatte sich ja auch noch keine Zeit genommen um alle meine Fragen zu beantwortet. Ich sagte zu ihm: „Wenn ihr mir nur eine Frage beantwortet, werde ich mit euch gehen."

„Na schön, welche Frage!"

„Warum darf ich Prinz Luka nicht heiraten, was ist mit ihm?"

„Er ist kein Prinz und er ist ganz sicher nicht aus dem Königreich Neville, das gibt es nämlich gar nicht."

Also hatte Prinz Luka oder wer immer er auch sein mochte gelogen, aber warum? Um sich eine wohlhabende Königstochter zu angeln? Ich spürte dass dies nicht alles war, was es über ihn zu berichten gab. Aber das sollte mir erst einmal als Antwort genügen. Ich entschied mich dafür mit Joel mitzugehen, obwohl ich ihn ja auch noch nicht so gut kannte. Aber ich wusste, dass er mir nichts tun würde. Also beschloss ich meinem zu Hause den Rücken zu zukehren und mit Joel mit zugehen.

Als Joel und ich in Richtung Schlosstor gingen, wartete dort schon eine Kutsche auf uns. Joel half mir beim Einsteigen und befahl dem Kutscher uns nach Hamona zu bringen. Hamona war eine riesige Hafenstadt, in der fleißig Handel getrieben wurde. Hier kamen die

Händler der ganzen Welt zusammen um ihre Waren anzupreisen. Aber unsere Reise dorthin war auch sehr gefährlich, da sich in den Wäldern auf dem Weg nach Hamona viele Diebesbanden auf die Lauer legten und schließlich wurde es schon dunkel.

Umso näher wir Hamona kamen, umso dichter und unübersichtlicher wurden die Wälder. Ich beschloss die Fahrt zu nutzten um etwas über mich und meine Vergangenheit heraus zu finden. Ich fragte ihn: „Warum lastet ein Fluch auf mir?"

Joel antwortete leicht verwundert: „Auf euch lastet kein Fluch!"

„Aber weshalb bringe ich den Tod, während meine Mutter das Leben bringt, das ist doch wie ein Fluch, oder?"

„Ihr solltet das nicht als Fluch bezeichnen, es ist eher eine besondere Gabe und außerdem bringt ihr nicht nur den Tod, ihr könnt noch viel mehr als das!"

Ich fragte neugierig: „Ja, was denn?"

Kaum hatte ich diese Frage ausgesprochen ruckte die Kutsche und blieb stehen. Joel stieg aus um nach zu sehen, was los war. Ich rutschte zum Fenster, um nach draußen sehen zu können. Es standen fünf bewaffnete Männer vor der Kutsche, die Joel und den Kutscher bedrohten. Einer der Männer bemerkte mich und kam zu mir rüber. Er öffnete die Kutschentür und befahl mir auszusteigen. Ohne jeden Widerstand folgte ich seinen Anweisungen. Ich stellte mich zu Joel und dem Kutscher. Keiner der Männer erkannte mich, na ja wie auch, schließlich habe ich die meiste Zeit in meinen Gemächern verbracht. Ein Glück sonst würden sie vielleicht auf die Idee kommen mich zu entführen, um Lösegeld von meinem Vater zu fordern. Einer der Männer kam zu mir rüber, ich dachte schon er hätte mich doch erkannt, aber er hatte nur Augen für das Medaillon, das Tristan mir geschenkt hatte. Es war aus purem Gold und hatte sicherlich ein beachtlichen wert, ganz zu schweigen von meinem restlichen Schmuck und meinem mit Gold verziertem Kleid.

Dann wie zu erwarten war, riss der Mann mir das Medaillon vom Hals, betrachtete und öffnete es. Er entdeckte Tristans Bild darin und sagte „oh, Prinz Tristan von Taragon, ein Geliebter oder vielleicht sogar ein Verwandter?"

Man konnte förmlich erraten was dieser Mann dachte. Er stellte sich wohl schon die Säcke mit Gold vor, die er für mich bekommen würde.

Dann sagte Joel: „Wenn ihr jetzt geht geschieht euch nichts."

Da lachten die Männer nur und der, der wohl der Anführer war, lachte am lautesten und antwortete: „Wie sollt ihr uns wohl gefährlich werden. Ein alter Kutscher, ein junger Knabe von aller höchstens siebzehn Jahren und ein Weib."

Die Männer krümmten sich fast vor Lachen, dann wurde es plötzlich ganz still und alle starten Joel an. Was war mit Joel, seine Augen wurden ganz weiß und fingen an zu leuchten. Ein Sturm zog auf und ein donnerndes Gewitter folgte. Auf einmal spaltete ein Blitz einen Baum, direkt neben den Männern die uns bedrohten. Der eine der Männer ließ mein Medaillon fallen und lief mit dem anderen davon. Dann wurde es wieder ganz still. Mein Haar war völlig zerzaust von dem gewaltigen Sturm. Ich sah Joel an, dessen Augen langsam wieder ein normales Aussehen bekamen. Ich starrte ihn immer noch fassungslos an, ich konnte nicht glauben was ich da gerade gesehen hatte und doch war es wirklich passiert. Was war mit Joel passiert und war dies eine der Fähigkeiten die ich auch beherrschte? Es dauerte eine Weile bis ich meine Stimme wieder fand und bemerkte dass auch der Kutscher davon gelaufen war. Aber wenigstens hatte er die Kutsche da gelassen. Ich fragte Joel: „Was ist da gerade passiert und wer bist du?"

Joel sah mich an und antwortete: „Schaut mich nicht so erstaunt an, ihr seid nicht die einzige mit einer Gabe und außerdem könnt ihr das auch. Ich werde es euch beibringen, wenn wir auf dem Schiff sind. Doch nun müssen wir ohne Kutscher auskommen, also werde ich von nun an den Platz des Kutschers einnehmen müssen, steigt wieder in die Kutsche wir müssen die Nacht durchfahren um nicht auf noch mehr Gesindel zu stoßen."

Ich hob das Medaillon auf und tat was er sagte. Ich wartete noch einen Augenblick bis die Kutsche sich wieder in Bewegung setzte und gönnte mir dann ein kleines Nickerchen. Als ich wieder aufwachte entdeckte ich die ersten Sonnenstrahlen am Horizont und von Hamona konnte man schon einige Dachspitzen erkennen. Ich schätzte wir würden Hamona so gegen Mittag erreichen. Na Gott sei Dank denn mir knurrte schon der Magen und ich vermisste Elena die mir sonst immer das Frühstück brachte. Wir hatten keinerlei Proviant mitgenommen, so dass ich mit dem Essen wohl noch eine Weile warten musste, bis wir in Hamona angekommen waren. Und dann endlich, als mir der Hintern schon vom Sitzen weh tat hatten wir Hamona erreicht. Wir mussten uns nur noch mit der Kutsche durch das Getümmel manövrieren, bis wir den Hafen erreichten. Ich bin noch nie in Hamona oder irgendeinem anderen Ort, außer Taragon, gewesen. Es war sehr aufregend für mich, dem bunten Treiben auf den Straßen zuzuschauen. Um uns herum waren lauter Händler die ihre Waren anpriesen. Es dauerte nicht lange da hatten wir den Markt hinter uns gelassen und hatten den Hafen an dem viele Schiffe ankerten erreicht.

Endlich konnten wir die Kutsche verlassen. Joel sprang vom

Kutschbock und öffnete mir die Tür. Er half mir heraus und wir gingen auf ein großes Schiff zu. Es war ein prachtvolles Segelschiff und dessen Mannschaft machte alles zum Ablegen bereit. Als wir beim Schiff ankamen machten wir gleich mit dem raubeinigen Kapitän Bekanntschaft, der mit schroffer Stimme seinem ersten Matt befahl mir auf das Schiff zu helfen. Als wir dann das Schiff betraten kam der Kapitän persönlich zu uns geeilt und sagte mir, dass Frauen an Deck nichts verloren hätten und ich mich während der Reise in der Kapitänskajüte aufhalten sollte. Joel begleitete mich Unterdeck und führte mich zu der Kapitänskajüte. Dann sagte Joel: „Ihr seid sicher hungrig, ich werde schauen ob ich etwas zu essen für euch bekommen kann."

Ich antwortete: „Ja, ich bin am Verhungern."

Als Joel gegangen war schaute ich mich ein wenig in der Kajüte um und stellte fest, dass ich meine schönen Gemächer vermissen würde, denn in meinen Gemächern war es um einiges gemütlicher. Nach einer Weile kam Joel mit einem Tablett verschiedener Speisen zurück und sagte dann: „Ich hoffe es schmeckt euch. Ich werde wieder an Deck zum Kapitän gehen, ich habe noch etwas mit ihm zu besprechen. Wir werden noch vor Sonnenuntergang in See stechen."

Kapitel 5

Nachdem Essen hatte ich mich erst einmal eine Weile hingelegt und geschlafen. Ich musste erst einmal über die Geschehnisse nachdenken. Ich war mit einem Mann den ich kaum kannte mitgegangen um meine wahre Identität kennen zu lernen. Ich hatte den einzigen Heiratskandidaten verschmäht und hatte mein sicheres zu Hause verlassen. Ich musste verrückt sein, aber irgendwie wusste ich dass es richtig war.

Als ich wieder aufwachte befanden wir uns bereits auf hoher See und das Schiff schaukelte nur so in den Wellen hin und her, dass mir richtig übel wurde. Ich musste unbedingt an Deck, an die frische Luft. Also ging ich, obwohl mir der Kapitän verboten hatte an Deck zu gehen. Als der Kapitän mich entdeckte, sah er mich grimmig an. Doch ich ließ mich davon nicht einschüchtern und setzte meinen Gang an Deck fort. Ich schaute mich um und suchte nach Joel. Doch er hatte mich zuerst gesehen und kam auf mich zu gelaufen. Er sagte zu mir: „Ihr müsst wieder unter Deck gehen."

„Warum?"

„Weil die Seemänner sonst auf dumme Gedanken kommen könnten."

„Oh, ich glaube dass ich mich, mit dem eisigen Hauch, sehr gut wehren könnte. Meint ihr nicht!"

„Ja, das könntet ihr. Aber dann hätten wir die Seeleute sehr schnell gegen uns aufgebracht und uns würde jemand fehlen der uns sicher zu der Insel Caledon bringt."

„Caledon, was ist in Caledon?"

„Der Eingang zu Nona!"

„Das Wunderland, aber das ist doch nur ein Märchen, das gibt es gar nicht."

„Ach ja, aber es gibt Menschen mit besonderen Gaben. Warum sollte es da kein Wunderland geben?"

Da ich an Deck durch die Schaukelei nicht besonders gut stehen konnte und es an Deck nichts gab wo dran ich mich festhalten konnte, beschloss ich wieder in die Kapitänskajüte zu gehen.

Nach einigen Tagen hatte ich mich an die ewige Schaukelei gewöhnt und mir wurde auch nicht mehr so übel, wie zuvor. Joel sah jeden Tag nach mir und ein Schiffsjunge brachte mir etwas zu essen. Als Joel heute wieder zu mir in die Kajüte kam um zu sehen wie es mir geht, wollte ich erneut versuchen etwas über mich und Prinz Luka zu erfahren. Er brachte mir gerade frisches Wasser, damit ich mich waschen konnte. Da fragte ich ihn: „Wer oder was bin ich und was seid ihr?"

„Also ich bin ein Gott, genau wie ihr eine Göttin seid. Aber ihr seid darüber hinaus nicht nur irgendeine Göttin, sondern hier seid die Tochter von der Königin aller Götter, Kessallia."

„Was bin ich?"

„Ihr seid die Prinzessin des Königreichs der Götter und euer wahrer Name ist nicht Genevieve, sondern Diva."

„Mein richtiger Name ist also Diva und ich bin eine Göttin?"

„Ja, das seid ihr!"

„Nein, das glaube ich nicht."

„Oh, ihr werdet es noch glauben!"

„Und wer ist Prinz Luka?"

„Also erst einmal ist er kein Prinz! Er ist der Sohn von der bösen Göttin Edea die, die Weltherrschaft an sich reißen möchte, um alle zu versklaven. Deshalb will er euch heiraten, weil ihr die einzige Erbin seid."

„Was ist mit meinen richtigen Eltern, Königin Kessallia und wie auch immer mein leiblicher Vater hieß."

Euer Vater und Lukas Vater waren erbitterte Feinde, da Lukas Vater die gleichen Absichten vertrat wie seine Gemahlin, die böse Göttin Edea. Euer Vater musste ihn töten und Edea hasste ihn so sehr dafür, dass sie des Nachts ins Schloss schlich und euren Vater mit dem Schwert der Götter tötete. Eure Mutter konnte gerade noch mit euch fliehen."

„Aber wie ist das möglich, in einem Schloss gibt es für gewöhnlich Wachen, wie konnte sie an ihnen vorbei kommen?"

„Im Königreich der Götter gibt es keine Wachen und keine Bediensteten. Im Königreich der Götter sind alle einander gleichgestellt."

„Ach so, aber was ist mit meiner echten Mutter, Kessallia passiert?"

„Sie ist seit dem Tag, als sie euch fort brachte, verschollen."

„Kanntet ihr meine Mutter?"

„Ja, sehr gut sogar. Wir waren enge Vertraute."

„Aber wie ist das möglich, ihr seid doch noch so jung?"

„Oh, ich bin über fünfhundert Jahre alt. Im Königreich der Götter altert man nicht."

„Demnach müssten alle Götter die im Königreich der Götter leben ja noch Kinder sein, wenn nicht sogar kleine Babys!"

„Nein, die jeweiligen Eltern gehen mit ihren Babys hinunter auf die Erde und ziehen sie dort auf und auf der Erde altern wir. Wenn wir dann fünfzehn werden, dürfen wir in den Himmel ins Königreich der Götter zurückkehren."

„Ach deshalb seht ihr immer noch aus wie siebzehn! Ich habe von Anfang an gewusst, dass ihr kein Arzt seid."

„Ach wirklich! Aber König Gavin, euer Ziehvater, hat den Schwindel nicht bemerkt."

„Mein Vater hätte alles geglaubt, wenn es um die Heilung meiner geheimnisvollen Krankheit gegangen wäre. Wie habt ihr mich eigentlich gefunden?"

„Euer Ruf als Prinzessin eisiger Hauch, hat euch verraten und ich musste schnell handeln bevor Edea euch zuerst in die Hände bekommen hätte."

„Und was habt ihr jetzt mit mir vor?"
„Ich werde dafür sorgen, dass ihr euer rechtmäßiges Erbe antretet und Königin aller Götter werdet."
„Wie sieht euer Plan aus?"
„Da Edea sich zurzeit den Thron unter den Nagel gerissen hat, müssen wir sie töten und die Götter befreien die sie als Sklaven hält."
„Und wie tötet man einen Gott?"
„Also es gibt nur zwei Möglichkeiten für einen Gott zu sterben. Entweder er stirbt alters bedingt nach tausend Jahren oder man tötet ihn mit dem Schwert der Götter."
„Okay, Edea ist im Besitz des Schwertes, also können wir nur hoffen, dass sie an Altersschwäche stirbt. Also wie alt ist sie?"

„Sie ist so um die siebenhundert schätze ich, also werden wir irgendwie an das Schwert heran kommen müssen."

„Und wie wollen wir das anstellen?"

„Das weiß ich auch noch nicht aber mir wird schon noch etwas einfallen."

„Na, das ist ja großartig!"

Diese Informationen musste ich erst einmal verdauen. Ich war also eine Göttin und ich war nicht nur irgendeine Göttin, sondern auch noch die Prinzessin der Götter. Worauf hatte ich mich da nur eingelassen und Luka wollte mich also nur aus einem niederträchtigen Grund heiraten, er wollte König der Götter werden, dass versetzte mir einen kleinen Stich. Es machte mich ein wenig traurig und ich spürte zum ersten Mal, dass ich wohl doch in der kurzen Zeit die ich mit ihm verbracht hatte, Gefühle für ihn entwickelt hatte. Ich musste immer wieder daran denken wie er mir, auf Tristans Hochzeit, das Tanzen bei brachte und ich musste mir eingestehen das ich ihn ein wenig vermisste.

Oben an Deck ging irgend ein treiben vor sich und Joel ging nach oben um nach zu sehen. Als er wieder zu mir unter Deck ging, sagte er „die Insel Caledon ist in Sicht, sie ist ganz klein am Horizont zu erkennen. Aber das ist noch nicht alles, denn wir werden verfolgt. Vermutlich schon seitdem wir Taragon verlassen haben."

„Ich habe es euch doch schon gesagt als wir im Schlossgarten waren!"

„Ja, tut mir leid dass ich euch nicht geglaubt habe."

Joel ging sofort wieder an Deck und auch ich wollte an Deck gehen um mir selbst ein Bild von der Lage machen zu können. Ich wartete noch einen Augenblick bis Joel oben war und ging dann ein paar Minuten später nach oben. An Deck war alles ruhig, Joel und der Kapitän waren damit beschäftigt mit dem Fernrohr abwechselnd zum heran nahenden Schiff und der Insel zu schauen. Plötzlich hatte ich die Aufmerksamkeit der Seemänner auf mich gelenkt. Sie machten anzügliche Bemerkungen und warfen mir Küsschen zu. Einer kam näher auf mich zu und ich wollte gerade wieder unter Deck verschwinden, da gab mir der näherkommende Seemann einen Klaps auf den Po. Ich drehte mich ruckartig um und verpasste dem aufdringlichen Seemann eine Ohrfeige. Ich war außer mir vor Zorn, den so etwas war mir noch nie passiert, wusste er denn nicht wenn er vor sich hatte? Plötzlich passierte etwas mit meinen Augen, die Seemänner wichen zurück und ein gewaltiger Sturm brauste das Meer auf. Die See tobte und eisiger Wind zerzauste mein Haar. Dann hörte ich eine Stimme die sagte „beruhige dich, sonst werden wir noch alle untergehen."

Doch ich konnte nicht, als nächstes hörte ich einen gewaltigen Blitz der mitten auf das Schiff traf und es in zwei Hälften teilte. Joel packte mich und wir sprangen gerade noch rechtzeitig vom Schiff. Als ich wieder zu mir kam, befand ich mich auf einem Stück Holz vom Schiff und Joel klammerte sich ebenfalls daran. Die See hatte sich inzwischen wieder beruhigt und wir trieben in Richtung Caledon aber das Schiff, das uns verfolgte erreichte uns bevor wir die Insel erreichten. Wir wurden von zwei Matrosen herausgefischt und dem Kapitän vorgeführt. Der Kapitän des fremden Schiffes war, wer konnte es auch anders sein Luka. Irgendwie freute ich mich ihn wieder zu sehen aber irgendwie hatte ich auch Angst vor ihm, vor dem was ich jetzt durch Joel von ihm erfahren hatte. Ich hatte von Anfang an gespürt, dass etwas Bedrohliches von ihm aus ging und doch fühlte ich mich zu ihm hingezogen. Wie war das möglich?

Luka befahl seinen Seemännern auf die Insel Caledon zu zusteuern. Dann schaute er mich und Joel an und sagte zu mir „kommt mit mir in meine Kajüte, ich habe dort trockene Kleidung für euch."

Ich nickte nur und ging dann dicht gefolgt von Joel mit Luka in dessen Kajüte. Dort angelangt öffnete Luka eine große Truhe und warf mir ein Paar Kleidungsstücke zu. Dann sagte Luka mit einem leichten Lächeln im Gesicht, zu Joel „kommt wir gehen wieder nach oben an Deck oder wollt ihr eurem Schützling beim ankleiden zusehen?"

Joel sah Luka grimmig an, folgte ihm dann aber an Deck. Als sie gegangen waren überprüfte ich erst einmal mein tolles Kleid, es war völlig ruiniert. In dem Kleid waren seitlich Taschen eingenäht, dort hatte ich meine Okarina aufbewahrt und ich hoffte, dass sie sich immer noch dort befand. Ich griff hastig in die Taschen und Gott sei Dank dort befand sie sich immer noch. Ich zog sie aus meiner Tasche und legte sie auf den Tisch. Dann sah ich mir erst einmal die Kleidung an, die Luka mir zugeworfen hatte. Darunter war ein eng anliegender langer Rock, mit großen seitlichen Schlitzen und ein Oberteil, das knapper nicht hätte sein können, dazu ein Paar Lederstiefel. Kurz um, ich sah aus wie eine Amazone und ich dachte nur, Männer! Aber diese Kleidung war sehr praktisch, da ich mich darin besser bewegen konnte als in dem prunkvollem Kleid, dass mir mein Vater geschenkt hatte. Von meiner tollen Frisur ist auch nichts übrig geblieben, also zog ich die restlichen Haarnadeln heraus und ließ meine goldbraunen Locken ungebändigt auf meine Schultern fallen. Der Rock hatte ebenfalls seitliche Taschen und so hatte meine Okarina auch wieder einen Platz. Diesmal beschloss ich lieber unter Deck zu bleiben, denn in diesem Outfit würden die Seemänner wohl erst recht über mich herfallen und ich beabsichtigte nicht noch ein Schiff zu versenken.

Kapitel 6

Als die Sonne am Horizont unterging, erreichten wir die Insel Caledon. Luka befahl allen erst bei Tagesanbruch an Land zu gehen. Ein Küchenjunge brachte mir, Joel und Luka das Abendessen Unterdeck. Als wir gemeinsam speisten sagte Joel zu Luka „sind wir jetzt deine Gefangenen?"

Luka antwortete ein wenig belustigt: „Nein, du kannst jeder Zeit gehen, aber unsere liebreizende Prinzessin bleibt hier bei mir!"

„Dann werde ich auch bleiben!"

„Wenn es sich nicht vermeiden lässt dann bleibe so lange du willst."

„Das werde ich auch!"

Den Rest des Abends verbrachten wir schweigend. Des Nachts als alle schliefen, hörte ich ein leises Wimmern und Schreie. Ich stand auf um nach zu sehen was an Bord vor sich ging. Als ich die Kapitänskajüte verlassen hatte wurden die Schreie lauter. Es schien als kämen die Schreie aus der Kajüte direkt neben mir. Ich klopfte zu nächst an der Tür, doch es geschah nichts. Dann öffnete ich die Tür vorsichtig und betrat die Kajüte. Die Schreie wurden lauter und ich stand direkt vor der Koje von Luka. Es schien als hätte er einen Alptraum. Ich versuchte ihn wach zu rütteln. Doch plötzlich packte er mich am Arm und riss mich zu Boden. Er kniete direkt über mir und hielt mich fest im Würgegriff. Als er bemerkte wen er da zu Boden gerissen hatte, lockerte er seinen Griff und half mir wieder auf die Beine. Er fragte „was macht ihr denn hier?"

Ich antwortete ein wenig außer Atem: „Ich habe Schreie gehört."

„Geht wieder in eure Kajüte und schlaft."

„Aber die Schreie kamen von euch, ihr hattet einen Alptraum."

„Ja, ist nicht weiter schlimm, ihr habt mich ja geweckt."

„Seit ihr sicher das ihr nicht darüber reden möchtet."

„Es war nur ein Alptraum, geht wieder und schlaft."

„Na schön, ich gehe."

Ich sah ihn noch eine Weile ungläubig an und ging dann wieder in mein Quartier. Am nächsten Morgen, als

die Sonne aufging, ließen Lukas Männer die Boote zu Wasser und wir fuhren damit in Richtung Caledon. Als wir schließlich auf der Insel ankamen, wurden wir bereits von Joels Seemännern empfangen, die dort offensichtlich gestrandet waren. Sie riefen „tötet die Hexe, tötet sie!"
Es war klar dass sie damit wohl mich meinten, na ist ja auch kein Wunder schließlich hatte ich ihr Schiff versenkt. Luka und Joel stellten sich vor mir, um mich zu beschützen. Dann sagte Luka „lasst uns alle mal richtig böse werden."
Ich fragte etwas verwirrt: „Wie bitte?"
Joel antwortete mir „ihr müsst jetzt an etwas denken, dass euch richtig wütend gemacht hat."
„An was soll ich denken?"

„Denkt an das, an dem ihr auf dem Schiff gedacht habt, bevor ihr es in zwei Hälften geteilt habt."

Die Seemänner kamen immer näher und da sagte Luka, in einem sarkastischen Ton, zu mir: „Ihr seht aus wie eine Vogelscheuche und euer Hintern ist viel zu Fett."

Daraufhin antwortete ich wütend, „wie könnt ihr es wagen, so etwas zu mir zu sagen!"

Ich wurde richtig wütend und mit mir geschah, dass gleiche wie auf dem Schiff. Meine Augen wurden schneeweiß und ein Unwetter breitete sich am Himmel aus. Es wurde sehr stürmisch und ein Gewitter zog auf. Dann schlug der Blitz genau da ein wo zuvor noch Luka gestanden hatte, doch der konnte sich gerade

noch rechtzeitig in Sicherheit bringen. Als ich mein volles Bewusstsein zurück erlangt hatte, stellte ich fest, dass alle Seemänner verschwunden waren. Sie waren mit Mann und Maus davon gerannt. Lukas Männer ebenso wie die Männer von Joel die hier auf der Insel gestrandet waren. Nun standen wir nur noch zu dritt da, Joel, Luka und ich. Luka sagte leicht belustigt zu Joel: „Wollt ihr euren Schützling nicht lehren wie sie mit ihren Kräften umgehen kann?"
Joel antwortete bissig, „dass lasst mal meine Sorge sein."
„Na dann, auf zum Eingang nach Nona."
Kurz nachdem Luka diesen Satz gesagt hatte, bemerkte ich einen Mann im Gebüsch, der uns beobachtete.

Ich sagte zu Luka und Joel: „Da im Gebüsch bei den Bäumen, da steht jemand."

Joel antwortete: „Ja, das sind die Eingeborenen auf dieser Insel."

„Sind sie friedlich?"

„Nun ja auf dieser Insel gibt es wenig Nahrung, sie leben in der Regel von Fischen und Pflanzen, aber sie würden auch uns essen!"

Luka sagte kurz: „Es sind Kannibalen. Wir werden einfach unseren Weg gehen und wenn sie uns angreifen, setzen wir unsere Kräfte ein."

„Aber ich habe meine Kräfte doch noch gar nicht richtig unter Kontrolle."

Luka antwortete: „Das Wetter beherrscht ihr mit euren Gefühlen."

Joel ergänzte: „Ja, wenn ihr wütend werdet dann beschwört ihr ein Unwetter herauf."

Ich antwortete: „So wie auf dem Schiff."

Joel erwiderte: „Ja, genau wie auf dem Schiff!"

Luka rief: „Kommt lasst uns gehen!"

Joel fragte: „Wieso sollten wir mit dir mit gehen?"

Luka sah mich prüfend an und sagte: „Weil wir den gleichen Weg haben!"

Joel schwieg und wir trotteten Luka hinter her. Ich fragte: „Wo gehen wir denn jetzt hin?"

Joel antwortete: „Wir müssen auf die andere Seite der Insel, dort befindet sich der Eingang nach Nona."

Wie weit ist es bis dahin?"

„Ein oder zwei Tage!"

Als wir eine Weile Landeinwärts gegangen waren, befanden wir uns im tiefsten Dschungel und es war sehr mühsam sich einen Weg durch das dichte Geäst zu bahnen. Wir blieben dicht zusammen und wir spürten, dass wir nicht allein waren. Die Eingeborenen verfolgten uns, auf Schritt und Tritt, hielten aber einen gewissen Abstand. Doch plötzlich tappten wir in eine Falle und wir fanden uns in einem Netz an einem Baum wieder. Die Inselbewohner traten nun dichter an uns heran, es waren mindestens zwanzig Mann, die uns begutachteten. Sie verbanden uns die Augen und brachten uns in ihr Lager, offensichtlich hatten sie die Szene am Strand mit den Seemännern mit angesehen. Bei unserer Ankunft

wurden wir mit Trommelwirbel und Jubelschreien empfangen. Sie brachten uns in eines der Zelte, wo sie uns an einen Stützbalken fesselten. Ich fragte: „Was machen wir nun, sollten wir jetzt nicht unsere Kräfte einsetzten?"
Joel antwortete energisch: „Nein, da uns die Augen verbunden sind können wir doch gar nicht sehen wohin wir zielen und wir wollen doch niemanden verletzen!"
Wir warteten eine halbe Ewigkeit, auf dass was mit uns geschehen sollte. Na endlich, als wir eine Weile so da saßen, kamen endlich einige der Inselbewohner und beförderten uns nach draußen. Als wir draußen waren, begannen sie wieder zu trommeln. Sie schubsen uns in einen mit

Wasser gefüllten Bottich, wo noch irgendwelches Gemüse drin herum schwamm. Ich fragte besorgt: „Was machen die mit uns?"

Luka antwortete: „Sie wollen uns kochen, damit sie uns hinterher verspeisen können!"

„Was machen wir jetzt?"

Es dauerte eine Weile bis Luka antwortete: „Ich habe eine Idee, allerdings weiß ich nicht ob sie funktioniert!"

Joel sagte aufgeregt: „Raus mit der Sprache, was für eine Idee?"

„Wir könnten den Bottich um werfen!"

„Wie sollen wir das denn machen?"

„Indem wir den Bottich hin und her schaukeln."

Ich antwortete: „Einen Versuch wäre es wert. Also lasst uns den Bottich schaukeln!"

Und wir fingen an den Bottich zu schaukeln, indem wir in dem Bottich hin und her schwammen. Das Wasser in dem Bottich schwappte immer heftiger hin und her. Es wurde immer wärmer und wärmer, bis er dann glücklicher Weise umkippte. Die Eingeborenen fingen an zu schreien und die Trommeln verstummten. Der Bottich rollte vom Feuer und rollte immer weiter in den Dschungel hinein. Das Wasser peitschte uns nur so um die Ohren, bis der Bottich endlich zum Stehen kam. Als wir unsere Knochen wieder einiger maßen geordnet hatten, fiel uns auf dass wir ja noch gefesselt waren. Während Luka und

Joel große Probleme hatten ihre Fesseln los zu werden, war ich mit meinen schlanken Händen schon längst aus den Fesseln hinaus geschlüpft. Denn dadurch, dass die Fesseln nass waren, bin ich mit meinen schmalen Händen, einfach so durch gerutscht. Als ich mich vollständig von den Fesseln befreit hatte und die Augenbinde abnahm, löste ich die Fesseln von Joel und Luka, die daraufhin ihre Augenbinde abnahmen. Wir stellten fest, dass uns kein Inselbewohner gefolgt war. Was für ein Glück!

Es wurde langsam dunkel und so beschlossen wir eine Rast einzulegen, allerdings erst nach dem wir ein Stückchen vom Bottich entfernt waren. Irgendjemand musste Wache

schieben, also übernahm Luka die erste Schicht. Während Joel und ich dicht beim Feuer lagen, lehnte Luka sich an einen nahe gelegenen Baum und schaute in den Himmel. Im Gegensatz Joel der bereits eingeschlafen war, war ich zu aufgewühlt um zu schlafen. Also kroch ich zu Luka und starrte mit ihm gemeinsam in den Sternenhimmel. Aber da gab es noch eine Frage die mich wurmte: „Findet ihr meinen Hintern wirklich zu fett?"
Luka schmunzelte „ein wenig!"
„Was soll das heißen ein wenig?"
Da zog er mich zu sich rüber und küsste mich. Ich war empört über diese Dreistigkeit und schubste ihn zur Seite. Er lachte, was mich noch rasender machte und einen kleinen Regenschauer zur Folge hatte. Ich

stand auf und legte mich wieder ans Feuer. Ich bedachte ihn nur noch mit einem Satz: „Und ich sehe nicht aus wie eine Vogelscheuche!"

Luka lachte noch mehr und Joel wachte auf, er fragte: „Was ist hier los?"

Keiner von uns Beiden antwortete und Joel sah uns Beide prüfend an. Er fragte schließlich: „Soll ich die nächste Schicht einlegen?"

Luka antwortete: „Nicht nötig!"

„lasst mich die nächste Schicht einlegen, damit ich euch Beide besser unter Kontrolle habe!", erwiderte Joel.

„Na schön!"

Luka legte sich zu mir ans Feuer und versuchte, genau wie ich, zu schlafen. Joel nahm jetzt Lukas Platz, an

dem Baum, ein. Als Luka endlich eingeschlafen war, hatte er scheinbar wieder diese Alpträume und wimmerte. Ich legte mich neben ihn und hielt seine Hand, da hörte das Wimmern plötzlich auf. Joel blickte nur kurz, missbilligend zu uns rüber, starrte dann aber wieder in die tief schwarze Nacht hinaus. Als der neue Tag anbrach, wachten Luka und ich gleichzeitig auf. Wir öffneten Beide gleichzeitig die Augen und Luka stellte fest, dass ich immer noch seine Hand hielt. Ich fragte ihn: „Habt ihr diese Nacht besser geschlafen?"
Luka antwortete: „Viel besser!", und schmunzelte.
Joel betrachtete uns immer noch argwöhnisch und sagte schließlich:

„Kommt lasst uns weiter gehen, wir haben schon genug Zeit vertrödelt."
Luka und ich standen auf und wir gingen weiter unserem eigentlichen Ziel entgegen. Diesmal lief Joel voran. Wir waren durch den Aufenthalt bei den Eingeborenen, leicht aus der Richtung gekommen. Joel musste sich erst einmal neu orientieren, dabei landete er in einem tiefen Sumpf. Umso mehr er versuchte sich zu befreien, umso mehr versank er darin. Luka unternahm nichts um ihn dort heraus zu holen. Ich sagte: „Hilf ihm!"
Joel antwortete keuchend: „Er wird mir nicht helfen, das ist seine beste Chance mich los zu werden."
Es war kein Geheimnis, dass die Beiden sich nicht ausstehen konnten

und vielleicht war es ja tatsächlich eine gute Gelegenheit, meinen Beschützer los zu werden. Schließlich wollte er mit meiner Hilfe im Königreich der Götter König werden. Das hatte ich in den letzten Tagen fast vergessen.

Ich bettelte ihn an: „Bitte helft ihm, für mich!"

Luka überlegte eine Weile, verzog dann das Gesicht und schnappte sich einen auf dem Boden liegenden Ast um nach Joel zu angeln. Als er Joel heraus gefischt hatte, dankte ich ihm dafür. Luka sagte: „Ich glaube es ist besser, wenn ich vor gehe."

Mit diesen Worten ging er voran und wir kämpften uns weiter durch den Dschungel. Als wir eine Weile gegangen waren, standen wir vor einer

Steinwand die mit Runen verziert war. War es das, war es der Eingang zu Nona? Als Joel eine Okarina herausholte, staunte ich nicht schlecht. Er hatte also auch so ein Musikinstrument. Ich holte meines hervor und Luka schien auch eine zu haben, denn er holte ebenfalls eine aus seiner Tasche. Joel erklärte „nun muss jeder von uns eine bestimmte Melodie spielen, damit sich die Steinwand öffnet. Luka spielte diese Melodie auf seiner Okarina und die Steinwand öffnete sich. Er ging hindurch und ich wollte ihm folgen, doch Joel hielt mich zurück und sagte „es kann nur einer zur Zeit hin durch gehen. Das ist um sicher zu stellen, dass nur Götter Nona betreten und verlassen. Ihr müsst jetzt folgende Melodie lernen und spielen."

Er zeigte mir diese Melodie und sie war ganz einfach zu spielen. Ich spielte sie und die Steinwand öffnete sich. Ich schaute Joel prüfend an und er nickte mir zu. Daraufhin ging ich durch das Steintor. Kurz nach mir schloss sich die Steinwand wieder und ich befand mich bei Luka auf der anderen Seite. Es dauerte nicht lange da kam Joel auch schon hinter her. Luka hatte während dessen schon eine Fackel an gezündet und sie in die Halterungen an den Wänden der Höhle befestigt. Wir gingen den Gang hinunter bis zu einem Abgrund. Ich fragte: „Und nun, wo geht es nun weiter?"

„Dort!", antwortete Luka und zeigte auf eine Strickleiter die oben an den Felsen befestigt war und nach unten führte.

„Nein, ich bin nicht schwindelfrei, das geht nicht!"

„Was, eine Göttin die nicht schwindelfrei ist. Na das mach ja was werden!"

Da sagte Joel: „Ach das ist halb so wild, schaut einfach nicht nach unten."

Luka stieg als erstes die Leiter hinunter. Als Luka unten angekommen war, sollte ich hinab steigen. Ich stieg vorsichtig auf die wackelige Leiter und kletterte langsam nach unten. Als ich fast unten angekommen war, fand ich mit dem einen Fuß die Stufe nicht und trat daneben. Ich fand keinen Halt mehr und stürzte, mit einem lauten Schrei, nach unten. Doch ich hatte großes Glück, dass Luka mich auf fing. Er lächelte mich an und sagte: „So, habt ihr den Weg nach unten also doch noch gefunden."

Ich antwortete: „Sieht fast so aus!"

Als letztes stieg Joel die Leiter herunter. Als er unten angekommen war, stellten wir fest, dass die Fackeln hier unten bereits angezündet wurden. Es war also jemand kurz vor uns hier gewesen. Aber wer?

Kapitel 7

Nun war es soweit, ich würde Nona betreten. Eine Welt die ich nur aus Geschichten und Erzählungen kannte. Ich hatte immer gedacht Nona wäre nur eine Phantasiewelt, eine Welt die gar nicht wirklich existiert. Aber da hatte ich mich wohl geirrt. Wir gingen unbeirrt weiter den schmalen Pfad entlang, bis wir vor dem Ende des Tunnels standen. Nur noch ein paar Schritte dann hatten wir Nona erreicht. Luka blieb einen kurzen Moment stehen und sah mich an, als hätte er ein schlechtes Gewissen. In diesem Moment wusste ich, dass etwas nicht stimmte. Ich wusste nur noch nicht was es war.

Luka ging weiter, bis wir endlich, das Ende des Tunnels erreicht hatten.

Als wir den Boden von Nona betraten, wartete sie schon auf uns. Ich erkannte sie sofort an ihren blauen Augen und den schwarzen Haaren. Luka war fast ein Ebenbild von ihr. Es war die böse Göttin Edea mit ihrem Gefolge. Sie hatte meinen Vater getötet und wer weiß was sie meiner Mutter angetan hat. Sie waren ganz in schwarz gekleidet und ritten auf weißen Einhörnern mit Flügeln. An Edeas rechter Seite prangte ein Schwert, das Schwert der Götter vermute ich. Die anderen Götter fürchteten sich scheinbar vor diesem Schwert und auch ihre Reittiere schienen mit der Situation nicht so ganz zufrieden zu sein. Joel stellte fest, „das ist eine Falle, er hat uns in eine Falle gelockt!" und zeigte mit dem Finger auf Luka.

Die böse Göttin Edea lachte laut auf und sagte „dachtet ihr wirklich ihr könntet ihm trauen, er ist mein Sohn, was habt ihr erwartet, ihr Narren!"

Luka schwieg zu dem Vorwurf und sah mich reuig an. Edea kam langsam auf uns zu geritten und blieb kurz vor uns stehen. Sie betrachtete mich und sagte „ihr seht aus wie eure Mutter." Dann schaute sie zu Luka, ihrem Sohn rüber und sagte „dass hast du gut gemacht, mein Sohn!" Danach befahl sie ihrem Gefolge mich und Joel gefangen zu nehmen. Die anderen Götter gehorchten und einer von ihnen nahm Joel mit auf sein Reittier. Als ein anderer mich auf sein Reittier nehmen wollte, schritt Luka ein und sagte „halt ich werde sie mit auf mein Reittier nehmen!" Luka holte seine Okarina heraus und spielte eine mir unbekannte Melodie. Wie aus dem nichts kam ein Einhorn mit Flügeln auf uns zu geflogen. Es hatte goldene Zügel und einen mit Gold verzierten Sattel der in der Sonne glänzte. Es wirkte nicht so gequält wie die anderen. Nein, es schien sich sogar zu freuen Luka wieder zu sehen. Luka hob mich in den goldenen Sattel und nahm dann selbst vor mir Platz. Dann nickte er Edea zu und wir hoben ab.

Edea flog voran und wir hinter her. Als wir in die Lüfte stiegen, klammerte ich mich an Luka und kniff beide

Augen zu. Meine Höhenangst ließ mich für einen Augenblick vergessen, dass Luka mich und Joel verraten hatte und das obwohl ich sehr enttäuscht von ihm war. Es war ein langer Flug, aber etwas dass unser Ziel zu seien schien, kam immer näher auf uns zu. Als wir näher heran kamen, erkannte ich, dass es sich um ein Schloss handelte. Nona das Wunderland machte seinem Namen alle Ehre. Ein Luftschloss in den Wolken und es kam immer näher auf uns zu. Es war strahlend weiß mit goldenen Dächern, wirklich ein sehr prachtvolles Schloss. Als wir dort angekommen waren, brachten zwei der bediensteten mich und Joel fort. Sie brachten uns in ein Verlies, wo eine in Tüchern eingehüllte Frau saß. Bevor die Bediensteten gingen sahen sie uns noch einmal seufzend an. Als die Frau zu den Bediensteten auf sah, bemerkte ich die Ähnlichkeit, sie sah fast so aus wie ich und mir wurde schlagartig klar, dass es sich hierbei um meine richtige Mutter Kessallia handeln musste. Sie bemerkte ebenfalls die Ähnlichkeiten und sprach mich mit „Diva" an.

Ich antwortete „Mutter!"

Sie antwortete „ja, ich bin es!"

„Was ist geschehen, warum musstet ihr mich weggeben?"

„Ich dachte Joel hätte es dir bereits erklärt!"

„Ja, aber gab es denn keinen anderen Weg?"

„Du hast sicher viele Fragen, ich werde sie dir gerne alle beantworten, aber nun müssen wir versuchen irgendwie hier heraus zu kommen."

Joel unterbrach unser Gespräch mit „dieser Mistkerl Luka hat uns verraten, wir hätten ihm nicht vertrauen dürfen!"

Kessallia antwortete „richtet nicht vor schnell über ihn."

„Wieso nicht, er hat uns verraten!"

„Er hat es mit seiner Mutter nicht immer leicht gehabt."

Ich fragte neugierig „warum, was ist mit ihm geschehen?"

„Nicht jeder ist von Grund auf böse!"

„Was ist mit ihm passiert?"

„Seine Mutter Edea hat ihn, als er noch ein kleiner Junge war, oft geschlagen."

„Wirklich, woher weißt du das?"

„Weil ich seine Schreie bis hier unten im Verlies hören konnte."

„Deshalb hat er diese Alpträume!"

„Ja, er ist nicht von Grund auf schlecht, er ist nur etwas fehlgeleitet, aber ich bin mir sicher mit ein wenig Hilfe wird er den richtigen Weg finden."

Joel unterbrach uns erneut „wie wollen wir, dass Königreich der Götter von Edea befreien?"

Ich antwortete „wir müssen Edea irgendwie das Schwert der Götter entreißen!"

Kessallia meinte „unmöglich, denn sie nimmt das Schwert sogar mit ins Bett. Einige der anderen Götter haben das schon versucht und dabei ihr Leben verloren."

„Aber wir sind doch in der Überzahl!"

„Ja, aber alle Götter die zu ihren Bediensteten geworden sind, sind keine Krieger, sie haben nicht einmal Waffen oder habt ihr noch nicht bemerkt, dass keiner von ihnen eine Waffe trägt. Sie werden uns nicht helfen, sie fürchten sich vor Edea!"

„Aber irgendetwas müssen wir doch tun können?"

„Wenn wir nur irgendwie hier heraus kommen könnten, dann könnten wir das zweite Schwert der Götter suchen!"

„Wie, es gibt noch ein zweites Schwert?"

„Ja, es ist im Tempel der Götter versteckt, es wird von sieben Siegeln versiegelt."

„Wo sind die Siegel?"

„Es gibt eine Karte auf der sie eingezeichnet sind."

„Dann müssen wir zuerst die Karte finden!"

„Nein, nicht nötig, ich weiß wo sich die Karte befindet. Mein Vater hat sie mir vermacht, sie ist schon seit Urzeiten im Besitz meiner Familie, allerdings habe ich sie hier in diesem Schloss, vor Edea versteckt."

„Wo in diesem Schloss, hast du sie denn versteckt?"

„In einer großen, goldenen Vase die im Salon steht!"

Plötzlich öffnete sich die Tür zum Verlies und einige Männer traten ein. Einer von ihnen sagte zu mir „kommt mit!"

Ich fragte „wo hin?"

„Die Königin möchte euch sprechen."

„Edea!"

„Ja!"

Kessallia antwortete energisch „Edea ist keine Königin, ich bin eure rechtmäßige Königin!"

„Tut mir Leid Kessallia aber Edea hat das Schwert, es würde unseren Tod bedeuten, wenn wir uns ihr widersetzen würden!"

„Ihr seid in der Überzahl, habt ihr noch nie daran gedacht ihr das Schwert zu entreißen?"

„Wir sind keine Ritter oder Krieger, wir haben das Kämpfen nie gelernt, dass war während eurer Herrschaft auch nicht nötig!"

„Aber jetzt ist es nötig, nötiger denn je!"

Auf einmal stand Edea in der Tür und sagte triumphierend zu Kessallia

„sie werden sich mir niemals widersetzen!"

Kessallia antwortete zuversichtlich „das werden wir ja noch sehen!"

„Sie haben sich in all den Jahren, die Du nun hier verbracht hast, nicht widersetzt. Also warum sollten sie es jetzt tun!" Dann sah Edea Ihre Untertanen an und befahl „bringt mir endlich das Mädchen, bringt sie in Lukas Gemächer und fesselt sie an sein Bett, damit die Ehe vollzogen werden kann!"

Kessallia sprang auf und sagte bestürzt „was nein, nein das dürft ihr nicht!"

Edea lachte nur und packte meinen Arm und zerrte mich aus dem Verlies, das kurz hinter mir geschlossen wurde.

Ich sah Edea fragend an und fragte erstaunt „wie Ehe vollzogen, was habt ihr mit mir vor?"

„Du wirst meinen Sohn Luka heiraten und dann wird mein eigen Fleisch und Blut den Thron besteigen."

Verzweifelt versuchte ich mich los zu reißen, doch sie hatte mich fest im Griff und ihre Finger bohrten sich fest in meinen Arm. Wir blieben kurz vor einer verschlossen Tür stehen, die Bediensteten öffneten die Tür und wir befanden uns in Lukas Schlafgemach. Edea schleuderte mich auf das Bett und befahl ihren Männern mich an das Bett zu fesseln. Sie gehorchten und fesselten mich an Lukas Bett. Ich wehrte mich heftig dagegen aber ich hatte keine Chance, sie waren einfach zu viele. Dann verließen alle Lukas Schlafgemach und ließen mich gefesselt zurück.

Als es dunkel wurde betrat Luka sein Schlafgemach, er blieb eine Weile an der Tür stehen und sah nur reuig zu mir rüber. Wir starrten uns eine Weile nur so an. Dann kam er zu mir rüber und setzte sich auf das Bett. Er sagte mit ernster Stimme „du weist was jetzt passieren wird?"

Ich konnte nicht glauben was er da jetzt mit mir anstellen wollte und ich starrte ihn eine Weile ungläubig an. Nachdem ich mich wieder gefasst hatte, antwortete ich ihm mit fester und leicht erregbarer Stimme „was hast du jetzt mit mir vor, willst du dich auf mich stürzen und mich vergewaltigen um einen geeigneten Erben zu zeugen, der den Thron besteigen wird und über den dann deine Mutter regieren wird?"

„Nein, es wird mein Kind sein das den Thron besteigt und zwar mit mir!"

„Sie wird ihn dir niemals überlassen und sie wird ihn genauso hartherzig erziehen wie sie dich erzogen hat. Sie wird ihn schlagen und er wird Nacht für Nacht die gleichen Alpträume haben wie du!"

„Nein", schrie er und Wut flackerte in ihm auf. Er zertrümmerte die Waschschüssel und bevor er wutentbrannt sein Schlafgemach verließ sagte er „ich kann das nicht tun!" Was auch immer das zu bedeuten hatte. Vielleicht und darauf hoffte ich, gab es doch noch einen Funken gutes in ihm und damit einen Funken Hoffnung für mich. Ja, vielleicht würde er in sich gehen und die Seiten wechseln, dass wäre nur zu schön um wahr zu sein.

Kapitel 8

Nach einigen Stunden betrat er erneut das Zimmer, eilig und mit großen Schritten kam er auf mich zu. Er schien sehr entschlossen zu sein, was mir irgendwie Angst einflößte. Ich dachte nun ist es soweit, gleich würde er sich auf mich stürzen und sich an mir vergehen. Also startete ich einen letzten Rettungsversuch und stammelte vor mich hin „findest du nicht, dass wir vielleicht vor her richtig heiraten sollten?"
Er antwortete nicht, stattdessen zog er ein Messer hinter seinem Rücken hervor, was mich beunruhigte. Ich stammelte weiter „was hast du nun vor, wenn du mich tötest, wirst weder

du noch sonst irgendwer den Thron besteigen!"

„Wer sagt denn, dass ich dich töten will", sagte er mit ernster Miene und schnitt die Fesseln durch und dann sagte er „wir müssen uns beeilen."

Ich bemerkte überrascht „was ist mit den anderen?"

„Ich habe mir schon gedacht, dass ihr nicht ohne eure Mutter gehen würdet, sie warten bereits auf uns!"

„Wirklich!"

„Ja, wirklich. Sie rufen ihre Reittiere."

„Du hast sie aus dem Verlies befreit, wie hast du das geschaft?"

„Ich habe den Wächtern gesagt, dass meine Mutter sie sehen will!"

„Das haben sie geglaubt und was ist mit der Karte?"

„Was für eine Karte?"

„Die Karte die zu dem zweiten Schwert der Götter führt!"

„Es gibt noch ein zweites Schwert?"

„Ja!"

„Woher weißt du das?"

„Von meiner Mutter Kessallia, wir müssen die Karte unbedingt finden und nach dem Schwert suchen!"

„Wo befindet sich die Karte?"

„Im Salon!"

„Das könnte schwierig werden, denn in diesem Schloss gibt es mehrere Salons."

„Die Karte soll sich in einer goldenen Vase befinden."

„Ah, der Salon mit den goldenen Vasen und den großen Vorhängen."

In Gedanken versunken packte er meinen Arm und sagte „komm, wir haben nicht viel Zeit!"

Als wir sein Schlafgemach verließen, gingen wir einen langen Korridor entlang. Der Korridor war mit Bildern meiner echten Familie geschmückt und es standen überall Skulpturen von den Reittieren, die mit Gold verziert waren, herum. Am Ende des Korridors befand sich der Salon von dem Luka gesprochen hatte. In dem Salon befand sich ein Kamin und die großen Vorhänge von denen Luka sprach, waren in grün getaucht. Allerdings befand sich in diesem Raum mehr als nur eine goldene Vase. Um genau zu sein viel mehr als nur eine goldene Vase, an jedem Fenster stand eine. Luka fragte also hastig „welche, welche Vase ist es?"
Ich antwortete ihm „ich weiß es nicht!"

„Na das ist ja großartig, na dann müssen wir eben jede durchsuchen."
„Okay, dann fangen wir an."
Kurz nach dem wir beginnen wollten die Vasen zu durchsuchen, hörten wir Schritte vor der Tür. Luka und ich sahen uns an und stellten jeweils die Vase die wir gerade in der Hand hielten auf ihren Platz zurück, dann versteckten wir uns hinter den großen Vorhängen. Als sich die Tür öffnete stolzierte eine vor Wut kochende Edea in den Raum und sagte zu ihren Gefolgsleuten „sucht sie, sie können noch nicht weit sein und findet meinen verräterischen Sohn!" Ihr Gefolge verließ mit einem schweigenden Nicken den Raum. Edea drehte sich zu dem Kamin um und fluchte vor sich hin. Dann lief sie

wieder in Richtung Tür und auf halben Wege, trat sie vor Wut, gegen eine von den goldenen Vasen. Die Vase kippte daraufhin um und es war genau die Vase nach der wir suchten. Aber Edea bemerkte nicht, dass sie die Vase mit der Karte erwischt hatte, sie übersah die Karte einfach und stolzierte aus dem Salon.

Erleichtert darüber dass sie uns und die Karte übersehen hatte, kamen wir aus unserem Versteck hervor. Wir schnappten uns die Karte und warteten bis Edea und ihre Gefolgsleute aus dem Korridor verschwunden waren. Nun schlichen wir uns vorsichtig wieder den Gang hinunter, dann stoppte Luka und wir versteckten uns hinter einer Statue. Es gingen einige von Edeas Gefolgsleuten an uns vorbei. Wir hatten Glück, dass sie uns nicht entdeckten. Die Wächter gingen alle Richtung Schlosstor, also konnten wir dort nicht hin gehen, wir mussten also einen anderen Ausgang finden. Am Ende des langen Korridors gab es eine kleine Wendeltreppe und diese schlichen wir hinauf. Als wir oben angekommen waren, warteten die anderen bereits auf uns. Wir befanden uns auf einen der vier Türme, die weit in den Himmel ragten. So konnte man uns von unten gar nicht mehr erkennen und dass war auch gut so.

Kessallia und Joel hatten bereits ihr Reittier, mit der Okarina, herbei gerufen. Jetzt musste nur noch Luka seines herbei rufen, was er auch gleich tat. Er sagte „Du kannst bei mir mit fliegen, solange du noch kein eigenes hast", und setzte mich auf sein Reittier.

Plötzlich stand Edea mit einigen der Wachen vor uns und verletzte Luka mit ihrem Schwert der Götter. Luka, der noch nicht im Sattel saß, drückte mir die Karte zum zweiten Schwert der Götter in die Hand und rief uns zu „fliegt ohne mich!"

Joel packte die Zügel von Lukas Reittier und wir flogen ohne Luka davon. Edea schickte gleich einige ihrer Gefolgsleute hinter uns her, doch die holten uns nicht mehr ein, denn wir waren bereits außer Sichtweite. Was Edea wohl mit Luka machen wird? Mir war nicht ganz wohl bei dem Gedanken ihn allein zurück zulassen, wo er uns doch geholfen hatte aber wir hatten keine andere Wahl. Als wir in den Wäldern landeten, schlug Kessallia vor „wir sollten erst einmal eine Rast einlegen, schließlich ist es bereits dunkel."

Ich antwortete besorgt „aber was ist mit Luka, wir können ihn nicht allein zurück lassen!"

„Wir haben keine andere Wahl. Wir können ihm nur helfen, wenn wir alle drei Siegel gefunden haben und das Schwert der Götter in den Händen halten."

Joel sah mich prüfend an und erwiderte nickend „Ja, damit hat sie recht!"

Ich musste zugeben, dass sie damit tatsächlich Recht hatte. Aber ich

konnte an nichts anderes denken außer an Luka. Da es bereits dunkel war und wir beschlossen hatten eine Rast einzulegen, hatte sich Joel bereit erklärt die erste Wache zu übernehmen. Da wir alle in dieser Nacht sehr erschöpft waren, hoffte ich dass es eine ruhige Nacht werden würde. Aber dem war nicht so, denn es raschelte im Gebüsch, die geflügelten Einhörner wurden unruhig und flogen schließlich davon. Als ich genauer hin sah, sah ich wie mich ein paar roter Augen anschaute. Ich stieß Joel mit meinen Ellenbogen in die Rippen und fragte „was ist das?"
Joel antwortete sichtlich besorgt, „ich weiß es nicht" und weckte Kessallia.

Kessallia sprang auf und sagte „lauft, lauft so schnell ihr könnt!"

Bevor ich überhaupt wusste wie mir geschah, packte Joel mich am Arm und rannte los. Auch Kessallia nahm mich an die Hand und lief voran. Doch dann packte mich etwas anderes und zog mich bis nach oben in die Baumkronen. Es hielt mich gut fest und schwang sich mit mir von Baum zu Baum. Ich konnte gar nicht so schnell gucken, wie es mit mir durch den Wald hetzte. Also eins steht mal fest, als Göttin Höhenangst zu haben ist nicht gerade einfach. Mit geflügelten Einhörnern fliegen und jetzt auch noch das! Mir wurde schon richtig übel und als ich schließlich kotzen musste, blieb es endlich stehen und eine männliche

Stimme sagte „ich glaube wir haben es abgehängt."

Es war also ein er und bei näherer Betrachtung, ein Muskulöser er, mit langen schwarzen Haaren und braun gebrannt von der Sonne. Soweit man das im Dunkeln überhaupt erkennen konnte. Ich fragte ihn „wer bist Du?"

Er antwortete „ich bin Benjama und ihr seid Prinzessin Diva!"

„Woher kennt ihr mich und wo sind die anderen?"

„Oh, die anderen, denen geht es gut. Sie wurden von meinen Stammesmitgliedern in Sicherheit gebracht."

„Und woher kennt hier mich?"

„Ihr seht aus wie eure Mutter Königin Kessallia. Sie war immer sehr gut zu uns. Ihr müsst aufpassen wenn ihr durch die Wälder gehen wollt!"

„Ja, das habe ich gemerkt. Was sind das für Kreaturen?"

„Keine Ahnung. Sie sind erst kürzlich hier aufgetaucht. Eines Nachts griffen sie unser Dorf an und rissen unser Vieh. Sie machten auch vor uns keinen Halt und töteten einige von uns, die sie aufhalten wollten. Seit dem wohnen wir in den Bäumen, dort kommen sie nicht hin, weil sie zu schwer sind und nicht klettern können."

„Okay, bringt mich zu den anderen."

„Einverstanden, haltet euch gut fest."

„Na schön, aber bitte nicht so schnell. Da ich mich sonst wieder übergeben muss."

Er sah mich lächelnd an und antwortete „in Ordnung, kann es los gehen?"

Ich klammerte mich an ihn und er schwang sich, mit einer Liane, von Baum zu Baum durch das dichte Geäst. Bis wir schließlich in einem Baumhaus landeten. Als ich mich umsah, stellte ich fest, dass um das Baumhaus herum, noch mehrere Baumhäuser waren. Ja, es war sogar ein ganzes Dorf. Die einzelnen Baumhäuser waren mit wackeligen Hängebrücken mit einander verbunden, so dass man die sicheren Baumkronen nicht verlassen musste um von einem Baumhaus zum anderen zu gelangen. Benjama brachte mich zu dem Baumhaus in dem man

Kessallia und Joel einquartiert hatte. In dem Baumhaus befand sich nicht nur eine Schlafgelegenheit, sondern auch ein reichlich gedeckter Tisch und ich bemerkte dass ich ausgesprochen hungrig war. Kessllia und Joel bedienten sich bereits an der üppig gedeckten Tafel und ich nahm ebenfalls Platz. Als wir uns alle satt gegessen hatten, legten wir uns schlafen. Was nicht so einfach war, denn zum Schlafen hatten die Stammesmitglieder uns Hängematten aufgestellt und der Umgang mit dieser Schlafgelegenheit war irgendwie nicht so einfach für mich. Aber als ich es endlich geschafft hatte mich halbwegs vernünftig hinzulegen, schlief ich tief und fest. Ich hatte gar nicht bemerkt wie anstrengend diese Reise doch für mich war.

Am nächsten Morgen wachte ich so gegen Mittag auf. Ich konnte gar nicht glauben, dass ich solange geschlafen hatte. Die anderen waren bereits aufgestanden, warum hatten sie mich denn nicht geweckt?

Plötzlich kam eine in rosa Leinentücher gehüllte junge Frau von etwa fünfzehn Jahren herein und brachte mir frisches Wasser, damit ich mich waschen konnte. Ich fragte sie „wo sind meine Begleiter?"

Sie antwortete etwas schüchtern „oh, sie sind draußen und besprechen etwas mit meinem Bruder Benjama!"

„Und wer seid ihr?"

„Ich bin Nakia!"

„Oh Nakia, was für ein hübscher Name. Führt mich zu ihnen, Nakia!"
Sie nickte nur und ging dann voran. Wir gingen hinaus aus dem Baumhaus auf eine dieser wackeligen Hängebrücken und von dort aus konnte man das ganze Dorf bewundern. Doch ich konnte sie nirgendwo entdecken, vermutlich waren sie in einem der anderen Baumhäuser. Wir wanderten von einem zum anderen Baumhaus, bis wir sie endlich fanden. Sie saßen um einen großen Tisch herum und sahen sich die Karte an, die zum zweiten Schwert der Götter führt. Ich machte mich mit einem deutlichen „guten Morgen", bemerkbar. Da verstummten sie für einen kleinen Moment und sagten zu mir ebenfalls

„guten Morgen". Kessallia sah mich lächelnd an und bemerkte „hast du gut geschlafen?"

„Ja schon, aber ihr hätten mich wirklich wecken können!"

„Du hast so friedlich geschlafen, da mochten wir dich nicht wecken."

„Na gut! Aber was macht ihr da?"

„Wir sehen uns die Karte an und schauen wo sich die sieben Siegel befinden."

„So und was ist nun unsere nächstes Ziel?"

„Die Berge von Kaska, dort ist das erste Siegel versteckt. Benjama und einige seiner Männer werden uns begleiten. Wir werden auch nicht auf dem direkten Weg nach Kaska gehen, sondern wir werden erst einmal bei den Zwergen vorbei schauen und uns mit Waffen ein decken. Auf dem Weg dorthin liegt ein Kloster, dort werden wir eine kleine Rast einlegen. Benjama und seine Männer werden bis morgen früh, für die lange Reise, Proviant bereithalten."

„Zwerge, so etwas gibt es hier auch?"

„Ja, Zwerge! Sie leben in einem Gebirge, in der Nähe der Kaska Berge. Sie schmieden Waffen, sehr gute sogar und irgendwie müssen wir uns ja vor den schwarzen Bestien schützen."

„Und warum reisen wir erst morgen früh ab?"

„Weil es bereits Mittag ist und wir möglichst bei Tageslicht im Kloster ankommen wollen, wegen der Bestien. Denn bei Nacht können wir sie nicht schnell genug erkennen, wie man gestern gemerkt hat. Deshalb ist es besser, wenn wir morgen früh bei Tagesanbruch, unsere Reise fortsetzten."

Kapitel 9

Den Rest des Tages verbrachte ich damit mich von Nakia verwöhnen zu lassen. Sie bereitete mir ein Bad vor und wusch meine Kleidung, die wirklich ziemlich verschmutzt war. Ich betrachtete mein Medaillon und sah mir Tristans Bild darin an. Ich seufzte, denn ich hatte ihn nun sehr lange nicht mehr gesehen und ich vermisste ihn. Wir hatten uns immer alles erzählt und ich hatte nun eine Menge zu erzählen. Ich musste ständig an Luka denken, denn unseretwegen, nein viel mehr meinetwegen war er nun in solchen Schwierigkeiten.

Kurz nach dem wir alle unser Abendmahl genossen hatten, gingen wir schlafen, denn schließlich hatten wir noch einen langen Tag vor uns.

Am nächsten Morgen setzten wir sehr früh bei Tagesanbruch, man könnte sagen beim ersten Lichtstrahl, unsere Reise fort. Und wie beschlossen, begleiteten uns Benjama und einige seiner Stammesmitglieder. Als wir alle bereit waren zum losmarschieren, kam Kessallia auf mich zu, sie hatte den verbleibenden restlichen gestrigen Abend, scheinbar damit verbracht um sich ein neues kampftaugliches Gewand zu schneidern. Sie fragte mich „na, wie sehe ich aus?"

„Wie ich", antwortete ich ihr.

Sie lachte und sagte „ja, genau wie du!"

Dann kam Benjama auf uns zu, er schien der Anführer des Stammes zu sein und fragte „können wir?"

Kessallia antwortete „ja, lasst uns los gehen."

Langsam setzte sich die kleine Karawane in Gang. Wir liefen und liefen in der glühenden Mittagssonne, meine Füße wurden schon schwer wie Blei. Als Kessallia die ebenfalls mit ihren Füßen kämpfte, bemerkte dass ich keinen Schritt mehr gehen konnte, stoppte sie die Karawane. Benjama sah uns prüfend an und bemerkte, dass auch Joel nicht an langes laufen gewöhnt war. Er ließ eine Wasserflasche herum reichen und jeder nahm erst einmal einen großen Schluck. Dann sagte er „wir können hier noch keine

Rast einlegen, es wird auch so schon knapp genug sein, das Kloster vor Sonnenuntergang zu erreichen."
Kessallia überlegte und hatte schließlich die Idee, „wir könnten unsere Reittiere rufen!"
Joel war begeistert von diesem Vorschlag und zückte gleich seine Okarina. Ich war auch sichtlich begeistert von dieser Idee, doch ich sah Benjama an und bemerkte „doch es sind nur zwei Reittiere, wir können nicht alle darauf Platz nehmen."
Benjama antwortete „das macht nichts, mein Stamm ist es gewohnt weite Strecken zu Fuß zugehen."
Gesagt getan, Kessallia und Joel riefen ihre Reittiere herbei. Nur ich, ich konnte Lukas Reittier nicht herbei

rufen, weil ich die Melodie nicht kannte. Kessallia sah mich an und sagte „du kannst mit auf mein Reittier kommen, bis du dein eigenes hast."

„Ich soll ein eigenes bekommen?"

„Ja, gewiss!"

Ich lächelte Kessallia an und freute mich innerlich schon darauf. Dann stiegen wir auf die Reittiere und wie besprochen setzte sich unsere Karawane fort. Wir blieben mit den Reittieren am Boden und trotteten langsam mit den Stammesmitgliedern vorwärts. Als wir ein Stückchen weiter liefen, konnte man die Umrisse des Klosters bereits erkennen. Doch es war fraglich, ob wir tatsächlich bis Sonnenuntergang, dort sein würden.

Und natürlich schafften wir es nicht ganz bis zum letzten Sonnenstrahlen beim Kloster zu sein, aber es war nur noch ein kleines Stückchen. Doch dann stoppte Benjama die Karawane, hob seinen Zeigefinger vor den Mund und forderte damit alle auf ganz still zu sein. Nun sagte er „wir werden bereits seit einiger Zeit verfolgt" und da hörten wir sie schon schnauben. Daraufhin befahl er seinen Männern auf die umliegenden Bäume zu klettern und uns rief er zu „von hieraus müsst ihr alleine weiter, mit euren Reittieren seit ihr sowie so schneller beim Kloster als wir!"
Kessallia stimmte ihm zu „ja, es ist wirklich besser wenn wir alleine weiter reisen. Trotzdem vielen Dank für alles."

Plötzlich kamen die Bestien auf uns zu gestürmt, Benjama und seine Stammesmitglieder kletterten hastig die Bäume hinauf. Aber nicht alle schafften es den Bestien zu entkommen. Ich, Kessallia und Joel wollten gerade los fliegen, als sich eins der Biester hinter uns klemmte. Diese Bestie erwischte Kessallia´s Reittier, mit einer Pranke, gerade noch am rechten Hinterbein. Das geflügelte Einhorn scheute und ich stürzte mit Kessallia auf den harten Waldboden. Kessallia und ich liefen daher so schnell uns, unsere Füße tragen konnten, in Richtung Kloster. Das Biest lief dicht hinter uns her und wir rannten und rannten. Bis wir schließlich das Kloster, das von einer dicken Mauer umgeben war, erreichten. Joel war bereits dort und veranlasste, dass uns die Tür aufgemacht wurde. Joel rief uns zu „schneller, ihr seid gleich da!"

Ich und Kessallia legten noch mal einen Zacken drauf und erreichten schließlich das Kloster. Joel schloss eilig wieder die Tür hinter uns, die Bestie donnerte dagegen und heulte einmal laut auf. Ich sah Kessallia ungläubig an, „was sind das nur für Kreaturen?"

Kessallia antwortete ein wenig außer Atem, „keine Ahnung, aber ich denke das, Edea dahinter steckt."

Die Nonnen starrten uns alle an und die Äbtissin begrüßte uns. Sie fragte besorgt „seit ihr verletzt?"

Wir schüttelten nur den Kopf und Kessallia erwiderte „Nein, wir sind nur ein wenig außer Atem, sonst fehlt uns nichts. Aber vielleicht meinem Reittier."

„Was ist mit eurem Reittier?"

„Eines der Bestien hat es am rechten Hinterfuß erwischt."

„Oh, wir sind sehr belesen in der Kräuterkunde, vielleicht können wir eurem Reittier helfen. Wo ist denn der Patient?"

Kessallia zückte ihre Okarina und rief ihr Reittier herbei. Es kam auch bereit willig an geflogen, doch es schien ein bisschen verängstigt zu sein. Kein Wunder bei der Wunde! Wie besprochen nahmen sich die Nonnen dem edlen Tier an und versorgten es. Sie pflückten ein Paar Kräuter aus ihrem kleinen Kräutergarten und zermahlten sie,

dann legten sie diese auf die Wunde des Tieres. Die Äbtissin sagte beruhigend „euer geflügeltes Einhorn hat viel Blut verloren aber es wird es überstehen. Ihr könnt solange bleiben bis es gesund ist, Schwester Tyrese wird euch euer Quartier für die Nacht herrichten."
Wir nahmen dieses Angebot dankend an. Es war zwar schon spät aber die Nonnen brachten uns und unseren Reittieren noch eine Kleinigkeit zu Essen. Als wir so da saßen besprachen wir unser nächstes Ziel. Ich fragte wo werden wir als nächstes hin gehen?"
„Unser nächstes Ziel ist die Stadt der Zauberer" sagte Kessallia.
Joel bemerkte „das liegt aber gar nicht auf dem Weg, schließlich

wollen wir zu den Bergen von Kaska, um das erste der sieben Siegel zu finden."

„Ja, aber wir müssen jetzt erst einmal etwas gegen diese Bestien unternehmen und vielleicht kann Maverick uns dabei helfen."

Ich fragte neugierig „wer ist Maverick?"

Das ist ein alter Freund von mir, er wird uns sicher dabei helfen den Zauberer ausfindig zu machen, den Edea dazu gebracht hat diese Kreaturen auf Nona los zulassen. Aber nun sollten wir wirklich schlafen."

Joel der bereits gähnte schien damit einverstanden zu sein und ich musste mir eingestehen dass es auch für mich ein langer Tag gewesen ist. Also baten wir eine Schwester uns, unsere Quartiere zu zeigen. Als wir dort ankamen, fielen wir auch schon ins Bett und schliefen tief und fest. Nur ich lag noch eine Weile wach und dachte an den armen Luka. Was Edea wohl mit ihm gemacht hatte, ob er überhaupt noch lebte? Dieser Gedanke war für mich unerträglich, deshalb versuchte ich schnell an etwas anderes zu denken. Was mir nicht sonderlich gelang und dann war da noch mein Heimweh nach Prinz Tristan und König Gavin. Ja und auch meine Zofe Elena fehlte mir. Das schöne bequeme Bett, mein Klavier und der wunderschöne Rosengarten. Ja, das alles fehlte mir. Am nächsten Morgen wurden wir von einer zaghaften Stimme geweckt. Es war Schwester Tyrese, die sagte „guten Morgen, das Frühstück ist angerichtet."

Ich erwiderte ein wenig verschlafen, „guten Morgen!"

Kessallia quälte sich aus dem Bett und sagte zu mir und Joel, „kommt wir müssen nach dem Frühstück aufbrechen."

„Aber was ist mit eurem Reittier? Die große Wunde kann unmöglich so schnell geheilt sein."

„Oh, ihr würdet staunen, wie schnell so etwas geht."

Beim Frühstück im großen Speisesaal ging es sehr schweigsam zu, keiner sagte auch nur ein Wort. Es gab verschiedene Brot- und Käsesorten an denen man sich satt essen konnte. Nach dem Frühstück gingen wir zu den Stallungen, wo drei Ziegen darauf warteten gefüttert zu werden. In einem der anderen leerstehenden Ställen, lag das verletzte geflügelte Einhorn und es schien quicklebendig zu sein. Aber wie war das möglich? Die Wunde sah am Abend zuvor noch ziemlich übel aus und jetzt war sie kaum noch zu sehen. Wunderheilung? Ich glaube nicht an Wunder, dachte ich zumindest. Deshalb bemerkte ich, „wie konnte die Wunde so schnell heilen?"

Kessallia antwortete „wir sind nicht in einem gewöhnlichen Kloster und dass sind auch keine gewöhnlichen Nonnen."

„Wie meinst du das?"

„Es sind Hexen, sie kennen sich mit Heilkräutern sehr gut aus und verfügen selbst auch über etwas Magie. Deshalb heilt die Wunde schneller als erwartet, viel schneller!"
„Hexen, richtige Hexen?"
„Tja, du wirst dich noch an Nona und seine Geschöpfe gewöhnen müssen, wir sind nun mal nicht mehr in Taragon."
„Ja, allerdings", stimmte ich ihr nachdenklich zu.
Joel rief sein Reittier herbei und sagte „lasst uns aufbrechen!"
Kessallia nickte und stieg auf ihr Reittier. Sie reichte mir die Hand und ich nahm hinter ihr auf dem geflügelten Einhorn Platz. Joel stieg ebenfalls auf. Die Nonnen hatten uns noch reichlich Proviant in die

Satteltaschen gepackt. Wofür wir sehr dankbar waren. Als wir alle fest im Sattel saßen gab Kessallia den Befehl los zu fliegen. Wir flogen hoch über den Wäldern und Nonas Landschaft zeigte sich von seiner besten Seite. Nona hatte wunderschöne Wälder mit Seen und Flüssen durchzogen. Auch das Kloster das hinter uns immer kleiner wurde, war von Bäumen umringt. Unser nächstes Ziel war die Stadt der Zauberer. Aber bis dorthin schien es noch ein langer Weg zu sein. Ich fragte Kessallia „wie lange ist es bis zur Stadt der Zauberer?"
Sie antwortete „mit ein paar Tagen musst du schon rechnen."

Joel bemerkte „es wird schon dunkel. Wir sollten ein sicheren Platz zum Schlafen suchen."

Ich fragte beunruhigt „aber wo wollen wir denn rasten? Hier in den Wäldern sind doch diese Monster!"

„Wir werden in den Bäumen übernachten, schließlich hat Benjama gesagt, dass sie nicht klettern können. Also werden wir einen Baum hinauf klettern und dort eine Rast einlegen!"

„Okay, hört sich aber nicht sehr bequem an."

„Das ist es sicherlich auch nicht, aber wir haben keine andere Wahl."

„Ach, das wird schon irgendwie gehen."

Und so wie besprochen, machten wir es. Nur diesmal übernahm Kessallia die erste Wache. Es war eine ruhige Nacht, in der nichts Besonderes geschah und dass war auch gut so.

Kapitel 10

Die Nächte, die darauf folgten, waren ebenso ereignislos. Auch am Tag, als wir mit den fliegenden Einhörnern über die Wälder flogen, waren wie gewöhnlich ohne irgendwelche Vorkommnisse und so erreichten wir die Stadt der Zauberer schon nach drei Tagen. Die Stadt der Zauberer war von einer hohen Mauer umgeben und als wir an das Tor klopften, hörten wir eine Stimme die sagte „wer seit ihr?"

Kessallia antwortete „ich bin eine alte Freundin von dem großen Zauberer Maverick!"

Daraufhin mussten wir ein paar Minuten warten und dann öffnete sich das große Tor. Als wir eintraten hörten wir in allen Ecken Getuschel. Ein alter Mann in einem graublauen Gewand, kam auf uns zu. Kessallia sah den Mann mit leuchtenden Augen an und begrüßte ihn freudestrahlend mit einer Umarmung.

Der alte Mann begrüßte uns mit „hallo, meine jungen Freunde was führt euch zu mir! Ach dass klären wir später, für heute seid ihr meine Gäste. Ihr seid sicher erschöpft von eurer langen Reise. Janek kümmert euch um meine Gäste."

Ein etwas schmächtig gebauter junger Mann mit feuerroten Haaren, kam auf uns zu und sagte „folgt mir, Mavericks Freunde sind auch meine Freunde!"

Wir gingen einen schmalen Weg entlang, der über eine Treppe führte

und nach einem geschwungenen Gang in den nächsten Pfad endete. Die gesamte Stadt schien aus Treppen und geschwundenen Gängen zu bestehen. Als wir endlich am Ziel zu seien schienen und vor einem mit Figuren geschmückten Gebäude stehen blieben, sagte er „so wir sind da! Er öffnete uns die Tür und fügte hinzu „das ist Mavericks Haus, wartet hier auf ihn."
Wir traten ein und sahen uns ein wenig um. Es war wirklich ein prunkvolles Gebäude. In allen Räumen gab es riesige Bücherregale und Unmengen von Büchern, ein Buchstapel folgte auf den nächsten. In der Mitte des größten Raumes befand sich ein prunkvoll verzierter Schreibtisch, auf dem ebenfalls mehrere Buchstapel

zu finden waren. Als wir uns umsahen bemerkten wir, dass in einer kleinen Ecke, ein schmales Bett stand. In diesem Bett hatte sicher schon lange niemand mehr geschlafen, denn auch auf ihm, befanden sich Stapel von diversen Büchern und Schriftrollen. Nachdem wir uns so umgesehen hatten, stand der Zauberer Maverick in der Tür und er schien sich über unseren Besuch zu freuen und zwar ganz besonders über Kessallias Anwesenheit. Der Zauberer Maverick und meine leibliche Mutter Kessallia schienen also gute Freunde zu sein aber dieser Janek war mir irgendwie unsympathisch. Er hatte so einen kalten, berechnenden Gesichtsausdruck aber vielleicht tat ich ihm unrecht so wie ich Luka anfangs unrecht tat.

Maverick trat an seinen Schreibtisch und wollte sich gerade auf den Stuhl davor setzten, bemerkte dann aber, dass dieser wie könnte es anders sein ebenfalls von einem Buchstapel versehen war. Er nahm den Buchstapel und setzte ihn auf einen der anderen die ringsherum standen. Als er sich auf den nun frei geräumten Stuhl saß, deutete er auf die Buchstapel vor seinem Schreibtisch und sagte „tut mir leid ich habe nur diesen einzigen Stuhl."

Kessallia lachte und antwortete ihm „das hätte ich auch nicht anders erwartet."

„Und wer seid ihr", er deutete auf mich und beantwortete seine Frage selbst mit, „ihr seid sicher das liebe Töchterlein."

Ich sah Kessallia prüfend an und nickte dann nur kurz.

„Ja", sagte Kessallia kurz und knapp, „dass ist meine Tochter Diva!"

„Wie entzückend, sie sieht aus wie ihr!"

Joel warf ungeduldig ein „Kessallia erzähl ihm weshalb wir hier sind, die Zeit drängt."

„Ja", sagte Maverick höflich, „warum seid ihr zu mir gekommen?"

Bevor Kessallia antworten konnte, klopfte es an der Tür und Janek trat ein. Völlig außer Atem, hechelte er „ich wollte doch dabei sein wenn ihr mit euren Freunden, die Lage besprecht. Vielleicht kann ich helfen!"

Maverick sah Janek erstaunt an und sagte „Janek wie gut, dass du kommst. Ich wollte dich meinen Freunden vorstellen, dass sind die Königin der Götter Kessallia und ihre Tochter Diva."
„Aber ich dachte immer Edea wäre die Königin der Götter!"
„So ein Unsinn! Edea regiert jetzt schon so lange, dass alle glauben sie sei die Königin aller Götter aber in Wahrheit hat sie sich diesen Platz nur ergaunert. In Wahrheit ist Diva die rechtmäßige Thronerbin."
Janek betrachtete mich eingehend, sagte aber nichts mehr. Aber stattdessen meldete sich der Zauberer Maverick wieder zu Wort. „Darf ich vorstellen, dass ist Janek, mein bes-

ter Schüler. Er wird irgendwann einmal mein Nachfolger werden."

Bei dem Satz strahlte Janek wieder vor Stolz. Dann fuhr Maverick fort „was führt euch zu mir?"

Kessallia antwortete „wir müssen die sieben Siegel finden um das zweite Schwert der Götter zu bekommen und überall im Wald lauern diese schwarzen Teufel, gibt es nicht irgend eine Möglichkeit diese Bestien zu beseitigen?"

„Nein, leider nicht. Wir haben schon alle möglichen Zauber angewendet aber nur der Zauberer der diese Wesen erschaffen hat kann sie wieder verschwinden lassen."

„Also seid ihr der Ansicht, dass ein Zauberer diese Wesen erschaffen hat?"

„Wer sonst, sollte in der Lage sein solche Kreaturen in die Welt zu setzten?"

„Na dann bleibt uns wohl nichts anderes übrig als diese Bestien zu umgehen."

„Ja, das können wir alles noch besprechen, aber nun seid ihr erst einmal meine Gäste. Es gibt gleich das Abendessen und danach solltet ihr euch erst einmal ausruhen. Janek wird morgen früh Proviant bereithalten und euch sicher durch den Wald begleiten. Wie gesagt er ist mein bester Schüler und ihr werdet einen Zauberer an eurer Seite gut gebrauchen können."

Kessallia nickte und Maverick fügte noch hinzu, „Janek, begleitet meine Freunde ins Gästehaus und veranlasst, dass ihnen das Abendbrot serviert wird. Ich werde später dazu stoßen und dann werden wir gemeinsam speisen."

Und mit diesen Worten verließ Maverick das Gebäude. Janek würdigte uns eines Blickes und sagte dann „folgt mir!"

Wir folgten ihm schweigend, durch die verschnörkelten Gänge. Bis wir schließlich bei einem der Gebäude stehen blieben. Janek holte einen Silbernen Schlüssel aus seiner Tasche und schloss die Tür auf. Als wir eintraten sagte er „fühlt euch wie zu hause." Mit diesem Satz machte er auf der Türschwelle kehrt und ging.

Wir traten ein und sahen uns ein wenig um. Es war alles sehr übersichtlich eingerichtet aber hier schien alles normal eingerichtet zu sein. Es gab einen großen Tisch in der Mitte, mit Stühlen ringsherum und in der oberen Etage waren mehrere nett eingerichtete Schlafzimmer. Kaum dass wir uns umgesehen hatten, öffnete sich auch schon die Eingangstür und Janek kam mit dem Essen. Er wurde von zwei weiteren Personen begleitet die ihm beim Tragen halfen. Ich denke dass es ebenfalls Schüler von Maverick waren. Sie deckten für uns den Tisch und gingen dann wieder. Einpaar Minuten später stand Maverick in der Tür und wir speisten alle gemeinsam. Kessallia und Maverick unterhielten sich ausgelassen über alte Zeiten. Ich behielt Janek im Auge denn ich dachte, dass er was im Schilde führ-

te. Ich wusste nur noch nicht was.
Als wir alle satt waren, schlug Kessallia vor, „wir sollten jetzt schlafen gehen, wenn wir morgen früh unsere Reise fortsetzen wollen."
Maverick blickte zu Janek rüber und fragte „hast du schon alles für eure Reise vorbereitet?"
Janek antwortete „ja, es steht alles für morgen früh bereit."
Nachdem das geklärt war, taten wir was Kessallia vorgeschlagen hatte, und gingen schlafen. Nur ich ging mit schweren Herzens zu Bett, meine Gedanken schweiften immer wieder um Luka. Es war jetzt schon fast eine Woche her, seit dem wir ihn zum letzten Mal gesehen hatten. Und dann war da noch der Janek dem ich nicht traute. Ich grübelte noch bis

spät in die Nacht hinein, bevor ich endlich einschlief.

Am nächsten Tag ganz früh morgens, spürte ich im Halbschlaf wie etwas an mir rüttelte. Es war Kessallia die mich zu wecken versuchte. Noch ein wenig benommen öffnete ich meine Augen und sah zum Fenster, durch dass die ersten Sonnenstrahlen auf mein Gesicht fielen. Kessallia sagte sanft „es ist Zeit aufzustehen."

Ich nickte und stand auf. Ich lief zum Fenster und sah hinaus, dort standen sie schon alle zum Aufbrechen bereit. Ich sah Kessallia mit großen Augen an und flitzte zur Waschschüssel. Ich wusch mir hastig durch mein Gesicht und stand in wenigen Minuten fertig vor Kessallia. Kessallia schmunzelte und sagte „kommt wir müssen uns beeilen."

Mit diesen Worten gingen wir gemeinsam zu den anderen und verabschiedeten uns von Maverick. Janek der eine Kutsche für uns bereithielt, sagte „es ist alles bereit."

„Nun denn, lasst uns losfahren", sprach Kessallia und stieg in die Kutsche.

Ich und Joel folgten ihr. Janek saß auf dem Kutschbock und lenkte die Pferde, zwei edle schwarze Rappen, in Richtung Stadttor. Als wir das Stadttor hinter uns ließen, wurde mir klar, dass ich ein wachsames Auge auf Janek haben musste.

Kapitel 11

Wir fuhren bis spät in die Nacht hinein. Ich hatte während der Fahrt aus dem Fenster gesehen und bemerkt, dass die schwarzen Bestien nicht näher an uns heran kamen. Sie blieben alle kurz vor der Kutsche stehen und es sah aus, als würden sie gegen eine Wand laufen. Als wäre um die Kutsche herum ein unsichtbares Schild. Kurz nach Mitternacht blieb die Kutsche mit einem Ruck stehen. Janek öffnete die Kutschentür und sagte zu uns „wir werden hier eine Rast einlegen. Ich habe um die Kutsche eine Art Schutzschild errichtet, ihr könnt also beruhigt schlafen gehen."

Und damit verschwand er auch schon wieder auf den Kutschbock. Joel verließ für einen Augenblick die Kutsche und kam ganz aufgeregt wieder zurück. Kessallia sagte zu Joel „nun beruhige dich erst einmal, was ist den geschehen?"

Joel antwortete „wir sind gefangen!"

„Wie wir sind gefangen?"

„Als ich mich ein Stückchen von der Kutsche entfernen wollte, um meine Notdurft zu verrichten, konnte ich plötzlich nicht mehr weiter gehen. Das Schutzschild, es hielt mich davon ab tiefer in den Wald hinein zugehen."

Janek schien von diesem Gespräch gehört zu haben den auf einmal stand er in der Kutschentür und sagte „ja, das Schutzschild hält nicht nur die Bestien davon ab hinein zu gelangen, sondern es kann auch keiner mehr hinaus. Ihr könnt eure Notdurft hinter der Kutsche verrichten, wir werden schon nicht hinsehen."

Mit diesen Worten verabschiedete er sich wieder auf den Kutschbock. Ich schaute Kessallia prüfend an. Wir waren also gefangen. Niemand konnte herein und niemand konnte heraus. Doch Kessallia war dem an Schein nach auch etwas verunsichert was Janek betraf und steckte mir heimlich die Karte der Sieben Siegel zu.

Es war geplant dass wir bei den ersten Sonnenstrahlen weiter reisen, doch die Kutsche rührte sich nicht. Joel stieg aus der Kutsche um nach Janek zu sehen, als er wieder kam berichtete er Kessallia „er ist weg, Janek ist verschwunden!"

Kaum hatte er diesen Satz ausgesprochen stand Janek schon hinter ihm und sagte „ich habe mich ein wenig umgesehen, wir sind des Nachts ein bisschen vom Weg abgekommen. Wir werden dort entlang fahren, damit wir keinen Tag verlieren."

Kessallia nickte nur und Joel stieg wieder in die Kutsche. Als Janek wieder auf dem Kutschbock Platz nahm, fuhren wir weiter, in die Richtung die er uns gezeigt hatte. Kessallia schaute eine Weile aus dem Fenster, dann flüsterte sie „ich kenne mich in Nona bestens aus und eins steht fest, wir fahren nicht in die richtige Richtung!"

Joel und ich staunten sie fassungslos an. Nach ein paar Minuten fragte ich besorgt „wie bitte, wir fahren nicht in die richtige Richtung, aber wo fahren wir dann hin?"

„In dieser Richtung geht es zu einem reißenden Fluss, der ins Meer mündet."

„Was will er da?"

„Keine Ahnung aber wir werden es herausfinden Wir haben so wieso keine andere Wahl, da wir in seinem Schutzschild gefangen sind."

Wir waren sichtlich beunruhigt. Wo wollte Janek mit uns hin, in dieser Richtung gab es offensichtlich nur einen Fluss, was wollte er dort? Wo auch immer er mit uns hin wollte er schien es eilig zu haben, denn wir legten auch nachts keine Rast mehr

ein. Vielleicht hatte er unsere misstrauischen Blicke bemerkt. Kessallia meinte „versucht ein wenig zu schlafen, damit wir fit sind wenn er an seinem Ziel angekommen ist und ihm eventuell mit unseren Kräften entgegen treten können."
Ich versuchte ihrem Vorschlag Folge zu leisten, doch es war nicht so einfach bei dem Geruckel, dass die Kutsche verursachte zu schlafen. Nur Joel hatte anscheinend keine Probleme damit, denn der schlief tief und fest wie ein Baby. Nach einigen Stunden hielt die Kutsche, ich sah aus dem Fenster und ich wurde kreidebleich als ich Luka entdeckte. Er hing völlig entkräftet an einen Pfahl gebunden und neben ihm stand Edea die offenbar auf uns gewartet

hatte. Janek hatte uns also direkt in die Arme von Edea geführt. Ich stolperte aus der Kutsche und lief besorgt auf Luka zu. Edea lachte vergnügt, während ich Luka hastig entfesselte. Edea befahl Kessallia und Joel aus der Kutsche zu steigen. Kessallia wusste, dass jeder Widerstand zwecklos war und somit folgten sie der Aufforderung. Da Edea das Schwert der Götter besaß, waren wir ihr völlig hilflos ausgeliefert. Der einzige positive war, dass der Schutzschild von Janek aufgelöst zu sein schien, schließlich hätte ich sonst niemals zu Luka laufen können. Edea sagte: „Nun euer kleiner Ausflug hat nichts genützt, denn jetzt seit ihr wieder mein und ich entscheide was mit euch passiert."

Kessallia lief rasch zu mir und Luka und bevor Edea ein vernichtendes Urteil über uns fällen konnte, schubste sie mich und Luka in den reißenden Fluss, der hinter dem Pfahl entlang floss. Wutentbrannt hastete Edea auf Kessallia zu und schlug sie zu Boden, das war das Letzte was ich erkennen konnte, denn ich versuchte mich krampfhaft an Luka fest zu halten. Doch die Strömung wurde immer stärker und sie steuerte auf einen Wasserfall zu der im Meer mündete. Ich versuchte verzweifelt mit Luka ans Ufer zu schwimmen, doch es war zwecklos. Wir hatten keine Chance dem Fluss zu entkommen, schließlich riss die Strömung mich von Luka los und wir preschten mit einem Wahnsinns

Tempo den Wasserfall hinunter. Unten angekommen versuchte ich irgendwie an die Oberfläche zu gelangen. Bevor ich das Bewusstsein verlor, bemerkte ich wie etwas nach mir griff. Was auch immer es war es hatte einen festen Griff.

Als ich wieder zu mir kam und langsam meine Augen öffnete sah ich auf ein funkelndes Kristallmeer. Ich befand mich in einer Höhle dessen Wände über und über mit Kristallen bedeckt war. Die Kristalle funkelten nur so um die Wette. Zu dieser Höhle gab es scheinbar nur einen Seezugang, was mich irgendwie beunruhigte. Denn wer hatte mich dort hin verschleppt. Wer auch immer es war musste ein guter Schwimmer gewesen sein. Nachdem sich meine Benommenheit Stück für Stück verflüchtigte bemerkte ich, dass ich allein in diesen Abschnitt der Höhle war. Wo war Luka?

In dieser Höhle befanden sich viele Gänge und als ich mich genauer umsah fand ich Luka. Er saß gemütlich neben ein Paar merkwürdigen Kreaturen und unterhielt sich mit ihnen. Diese Kreaturen sahen aus wie Menschen mit einem langen Fischschwanz, der kurz unter ihrem Bauchnabel endete. Meermenschen! Ich hätte nie gedacht, dass solche Kreaturen existierten und doch saßen sie direkt vor mir. Eine der Meerjungfrauen, mit rotblondem Haar robbte geradewegs auf mich zu.

Sie sagte freundlich „ich bin Mariella!"

Ich antwortete ihr „ich bin Genevieve oder Diva, ich weiß es selbst nicht mehr so genau."

Die Meerjungfrau fragte überrascht und erfreut „Diva, wirklich! Du bist Diva die Tochter von Kessallia?"

„Ja, genau die bin ich!"

„Möchtest du dich nicht zu uns gesellen?"

„Ja", antwortete ich etwas verwirrt und ging mit ihr rüber zu den anderen.

Ich setzte mich zu ihnen auf den Boden und Luka sah mich prüfend an. Es sah so aus als würde er abchecken, ob alles in Ordnung ist. Ich prüfte ihn ebenfalls und war froh ihn heil und gesund vorzufinden. Nun fielen mir schlagartig meine Mutter und Joel ein. Sie waren ja jetzt in

Edea´s Händen und ich fragte mich was wohl in diesem Augenblick mit ihnen geschah? Da wir aber in dieser Höhle festsaßen, fragte ich: „Wie kommen wir hier wieder heraus?"

Mariella antwortete: „Wir werden euch wieder an Land bringen, wenn ihr das wünscht!"

„Ja, wir müssen die anderen befreien!"

„Nein", antwortete Luka ernst.

„Was nein?", protestierte ich, „wir müssen sie irgendwie befreien, wir können sie doch nicht einfach ihrem Schicksal überlassen!"

„Wir können im Moment nichts tun, außer weiter nach den Siegeln suchen um Edea zu töten."

Ich sah ihn eine Weile sprachlos an, denn ich wusste dass er Recht hatte.

Aber mir war nicht wohl bei dem Gedanken Joel und meine Mutter alleine bei Edea zulassen. Nun galt es vorrangig das Schwert zufinden, also holte ich die Karte hervor um sie Luka zu zeigen. Als wir uns die Karte genau ansahen und feststellten wo wir uns befanden, sahen wir dass wir völlig vom Weg abgekommen waren. Luka fand heraus dass eins der Siegel ganz in der Nähe sein musste und zeigte die Karte Mariella. Die nickte und sagte: „Ja, das ist hier ganz in der Nähe, aber dort gibt es auch nur einen Seezugang der von mehreren Strudeln versperrt wird. Es ist sehr schwierig dorthin zu gelangen."

Luka fragte: „Gibt es keine andere Möglichkeit dort hin zu kommen?"

„Nein, leider nicht!"

Während alle die Köpfe senkten und grübelten wie man denn nun am besten dorthin gelangen konnte, meldete sich eine der Meerjungfrauen zu Wort: „Am Ufer liegt ein altes Boot, das scheint noch ganz in Ordnung zu sein."

„Aber Noelle!", antwortete Mariella, „es ist viel zu gefährlich, die Beiden alleine mit dem Boot durch die Strudel fahren zu lassen."

„Nein, sie sollen nicht alleine durch die Strudel fahren. Ich werde sie dort durchführen, ich bin dort schon oft durch geschwommen."

„Bist du dir sicher?"

„Ja, aber natürlich. Wir jüngeren sind dort schon oft als Mutprobe durch geschwommen."

„So ein Unfug hätte euch das Leben kosen können!", schimpfte Mariella.
Dann fragte Luka, Noelle: „Kannst du uns durch die Strudel führen, ja oder nein?"
„Ja!", antwortete Noelle.
So wie es aussieht stand der Plan, ich wusste nur noch nicht wie die Ausführung genau aussehen sollte und ob es mir gefallen würde. Voller Tatendrang stand Luka auf und sagte: „Lasst uns loslegen!"
Mariella wollte noch protestieren, aber sie hatte keine Chance. Noelle holte die anderen die zuvor mit ihr dort durch die Strudel geschwommen waren und erklärte ihnen den Plan. Dieser lautete, dass uns die Meermenschen zu diesem Boot brachten und uns Noelle mit

den anderen, mit dem Boot durch die Strudel zogen. Und so wurde es gemacht, Noelle sagte: „haltet euch gut fest, jetzt geht's los!"

Luka und ich hielten uns energisch an den Meermenschen fest, bis wir beim Boot angelangt waren. Ich half Luka dabei das Boot ins Wasser zuziehen. Wir befestigten ein langes Tau am Boot und die Meermenschen zogen uns auf das Meer hinaus, bis wir bei den Strudel angelangt waren. Dort fragte Noelle: „Seid ihr bereit, ganz los gehen?"

Luka nickte und sagte zu mir, „halt Dich gut fest!"

Dann ging es los. Das Boot schaukelte wie verrückt hin und her. Die Wellen wurden immer heftiger und es schwappte Wasser in das

Boot. Es waren genau drei Strudel, die uns den Weg erschwerten, Doch wir kämpften uns langsam hindurch. Endlich der Höhleneingang war nicht mehr weit und wir hatten es bald geschafft. Als wir endlich den Höhleneingang erreichten waren wir völlig durchnässt und durchgefroren vom eisig kalten Meer. Die Meermenschen begleiteten uns ins Höhleninnere. Die Höhle schien riesig zu sein. Sie hatte sehr viele verzweigte Gänge und es war gar nicht so leicht den richtigen Weg zu finden. Aber nach dem wir uns ein oder auch zweimal verirrt hatten, fand Luka einen Hebel. Nun war die Frage betätigen oder lieber nicht? Ich fand zu dem noch eine Wand durch die Licht hindurch zu dringen schien. Ich sagte: „Sieh mal, hier die Wand!"

Luka drehte sich zu mir um und sah sich die Wand an. Dann meinte er, „interessant, dass scheint ein Durchgang zu sein. Vielleicht öffnet sich die Wand wenn wir den Hebel betätigen."

Luka wartete keine Antwort ab und benutzte den Hebel. Wie vermutet öffnete sich die Wand und Sonnenlicht drang ein. Wir wurden regelrecht von dem hellen Licht geblendet, da wir solange in der dunklen Höhle herum geirrt waren. Die Meermenschen warteten am Höhleneingang auf uns, also mussten Luka und ich alleine durch die geöffnete Wand gehen. Ich genoss die warme Sonne auf der

anderen Seite. Sie trocknete ein wenig unsere nassen Sachen. Wir standen auf einer saftigen grasgrünen Wiese. Auf einmal hörten wir eine unbekannte Stimme, die da sagte: „Wer seid ihr und was führt euch zu mir?"
Luka antwortete: „Wir sind wegen des Siegels hier und wer seid ihr?"
„Ich bin der einer der Wächter der Siegel."
Als er diesen Satz beendete, kam er auf uns Zu und sagte: „Nun erkenne ich euch, ihr seid der Sohn von dieser Hexe Edea. Ihr werdet das Siegel nie bekommen."
Dann warf er mir einen prüfenden Blick zu und bemerkte: „Ihr seht aus wie Kessallia aber ihr seid es nicht. Wer seid ihr?"

Ich stellte mich ihm vor: „Ich bin Prinzessin Genevieve aus Taragon. Hier zulande nennt man mich Diva. Ich bin die Tochter von Königin Kessallia."

„Oh, ich bin hoch erfreut einen solch ehrenhaften Gast zu haben. Euch würde ich das Siegel natürlich überlassen, doch nehmt euch in Acht vor dem da!", er zeigte mit dem Finger auf Luka und fügte noch hinzu, „Blut ist manchmal dicker als Wasser, denkt daran!"

Er überreichte mir das Siegel, nach dem ich ihm versprach, darauf acht zu geben.

Kapitel 12

Nun da wir das Siegel in den Händen hatten, mussten wir nur noch den mühsamen Weg zurück durch die Strudel. Wir waren noch klatsch nass und ich frohr schrecklich, doch wir hatten keine andere Wahl. Nach einer Stunde hatten wir die Strudel hinter uns gelassen und Noelle setzte uns am Ufer ab. Luka begann Holz zusammeln um ein Feuer zu machen, um unsere Kleidung zu trocknen. Er zog sich bis auf die Hose aus und hing seine Kleidung zum Trocknen auf. Ich dagegen weigerte mich auch nur ein einziges Kleidungsstück auszuziehen. Luka grinste mich unverschämt an, aber als er bemerkte wie sehr ich vor

Kälte zitterte, setzte er sich mit dem Rücken zu mir und sagte: „Du solltest deine Sachen ebenfalls zum Trocknen auf hängen, ich werde auch nicht hinsehen."

Ich antwortete: „Dass hättest du wohl gern."

Luka sah mich an und erwiderte: „Du bist doch schon ganz blau gefroren."

„Wir haben nicht einmal eine Decke und du willst, dass ich hier nackt neben Dir liege?"

„Ich werde nicht hinsehen, ich werde mit dem Rücken zu Dir liegen."

Ich sah ihn mit ungläubigen Augen an und Luka legte sich mit dem Rücken zu mir ans Feuer. Ich zögerte noch eine Weile, doch als die Kälte immer unerträglicher wurde und Luka sich wirklich nicht nach mir umsah, folgte ich seinem Rat. Nun lag ich also splitterfasernackt hinter seinem Rücken und spürte wie seine und die Wärme des Feuers mich langsam auftauten. Ich betete nur dass er sein Versprechen halten würde und sich wirklich nicht umsah. Im Laufe der Nacht schmiegte ich mich an ihn um noch mehr von seiner Wärme zu kosten, was ihn sicher ein Lächeln auf das Gesicht zauberte.

Als ich am nächsten Morgen aufwachte, bemerkte ich das Luka bereits aufgestanden war, er hatte mich mit seinem inzwischen getrocknetem Hemd zugedeckt. Er war offensichtlich fischen gegangen, denn er saß am Feuer und bereitete einen Fisch zu. Allerdings war das

Einzige woran ich denke konnte, wie er mir das Hemd überlegen konnte ohne hinzusehen. Ich konnte ihm wahrscheinlich nie wieder in die Augen schauen ohne rot zu werden. Aber ich konnte es nicht lassen mich zu fragen ob er mich wohl hübsch gefunden hat. Ich zog mir sein Hemd über und setzte mich näher ans Feuer, zu ihm. Es wehte ein recht kühles Lüftchen hier an der Küste und ich verspürte das Verlangen mich noch ein wenig näher an ihn heran zu setzen, also rutschte ich ein bisschen zu ihm rüber. Er lächelte mich an und legte mir seinen Arm um die Schultern. Wieso war er nur immer so schön mollig warm und ich immer halb durch gefroren, ist das nicht ungerecht?

Der Fisch schien gar zu sein, denn er schob ihn mir auf einem großen Blatt herüber und sagte mit warmherziger Stimme „koste mal, ich glaube der ist jetzt gut so."
Ich nickte schweigend, denn ich war immer noch in Gedanken mit dem Bild beschäftigt, dass ich ihm geboten hatte als ich nackt auf dem Boden lag. Ob er meinen Hintern wohl tatsächlich zu Fett fand oder gefielen ihm meine Brüste nicht? Ich nahm den Fisch und sah ihn mit großen fragenden Augen an. Er schien überrascht, erkannte scheinbar den Grund für meine Reaktion nicht und deutete deshalb noch einmal auf den Fisch hin. Also wandte ich den Blick von ihm ab und schaute mir diesen exotischen Fisch

an, ich kostete und der Fisch schmeckte wirklich erstaunlich gut, auch wenn ich sagen muss dass er mit ein paar Zitronenscheiben sicher noch besser geschmeckt hätte.

„So", sagte Luka „jetzt ist wird es Zeit das wir uns auf die Suche nach den anderen Siegeln machen."

„Ja, da hast du wohl recht", entgegnete ich.

Luka erhob sich und prüfte ob meine Kleidung inzwischen getrocknet war und es schien so als hätte das warme Feuer wirklich seine Pflicht und Schuldigkeit getan. Er warf mir meine Kleidung zu und ich verschwand damit in einem Gebüsch. Nach ein paar Minuten stand ich gestiefelt und gespornt vor ihm und gab ihm sein Hemd wieder.

Er streifte es sich über und wir sahen uns die Karte an, die leicht ein wenig mitgenommen aussah, doch man konnte noch alles darauf erkennen. Was für ein Glück!

Luka weckte mich am frühen Morgen und wir sahen uns die Karte an. Wir waren weit vom Weg abgekommen, doch nun sollten die Berge von Kaska unser nächstes Ziel sein, dort würden wir das zweite Siegel finden. Also machten wir uns auf den Weg, denn es würde ein langer Weg werden, der durch einen tiefen Wald verlief. Ich hoffte nur, dass Janek uns nicht die schwarzen Biester auf den Hals hetzen würde. Doch als wir eine Weile gegangen waren bewegte sich irgendetwas im Gebüsch. Ich stieß Luka mit dem Ellenbogen an, der auch gleich den Grund dafür bemerkte und lächelte als ein Kaninchen aus dem Gebüsch hoppelte.

Nach einigen Stunden taten mir die Füße der maßen weh, dass ich keinen Schritt mehr gehen konnte und ich bettelte Luka an eine Rast ein zulegen. Luka vertröstete mich noch eine halbe Stunde bis wir an einen kleinen See kamen in dem sich ein kleiner Wasserfall ergoss. Ich zog meine Stiefel aus, setzte mich ans Ufer und ließ meine Füße ins Wasser baumeln. Dass tat wirklich gut. Aber wo war Luka, der war doch eben noch da. Ach so da kam er aus dem Gebüsch, aber was war das? Er war nackt, warum war er nackt? Er wollte doch nicht etwa, doch er wollte tatsächlich baden gehen. Tja, er hatte offensichtlich keine Probleme damit seinen Körper, eh seinen wunderschönen Körper, wie ich bemerkte, zur Schau zu stellen und ich muss sagen er war durchaus gut bestückt.

Als er bemerkte dass ich ihn mit halb geöffneten Mund anstarrte, grinste er bis über beide Ohren, was dann auch prompt in ein lautes Lachen überging. Er winkte mir zu, er wollte scheinbar, dass ich ebenfalls badete. Der glaubt doch nicht ernsthaft, dass ich meine Klamotten auszog und mit ihm badete, auch wenn ich nicht wusste ob er meinen Körper, heute Morgen, vielleicht bereits erblickt hatte. Oh er kam auf mich zu, was hatte er denn jetzt mit mir vor?

Meine Augen sahen ihn immer ängstlicher an, umso näher er kam. Aber ich konnte meinen Blick nicht von seinem Körper abwenden, weshalb ich auch gleich feuerrot anlief. Als er direkt vor mir stand, nahm er mein Gesicht in seine Hände und sagte amüsiert „Ich werde mich jetzt wieder anziehen, wenn es euch nichts ausmacht." Und er setzte noch mal sein breites Grinsen ein, als er merkte wie ich schluckte. Dann fügte er hinzu „nach dem ich mich wieder angezogen habe werde ich mal sehen was es im Wald zu an Essbaren gibt." Nun beugte er sich zu mir rüber und flüsterte mir ins Ohr „das wäre die Gelegenheit für euch, auch ein Bad zu nehmen, ohne mir euren süßen

Körper zu präsentieren." Er gab mir noch lächelt einen Kuss auf die Wange und verschwand dann im Wald.

Ich überlegte noch einen Moment, doch das Wasser sah so verlockend aus und ich war wirklich durch geschwitzt von der Wandertour. Warum auch nicht, ich drehte mich noch einmal um und als ich ihn nirgendwo mehr erspähen konnte, zog ich rasch meine Klamotten aus und huschte schnell ins Wasser. Das Wasser war herrlich erfrischend. Ich schwamm zu dem Wasserfall hinüber und ließ das Wasser über mich herunter plätschern. Dann hörte ich auf einmal ein Geräusch, dass ich anhörte wie ein mir bereits vertrautes brüllen. Was konnte dass gewesen sein, eine Bestie, jetzt? Wie unpassend! Ich drehte mich schlagartig um und schrie, denn die Bestie stand direkt vor mir und mir blieb nur noch ein Fluchtweg. Ich konnte nur in die Hölle hinter dem Wasserfall flüchten und ich setze mich rasch in Bewegung. Die Bestie folgte mir und ich rannte tiefer in Höhle hinein. Ich hoffte nur dass die Höhle noch einen zweiten Ausgang hatte, denn ansonsten saß ich in der Falle. Es war wie ich befürchtet hatte, die Höhle hatte keinen zweiten Ausgang und ich rannte immer weiter einer Wand entgegen. Ich saß in der Falle. Die Bestie erwischte mich am Bein und ich stürzte. Dann plötzlich schrie die Bestie schmerzend auf. Ich raffte mich auf und schaute mich um. Ich sah Luka wie er die Bestie mit dem Schwert durchbohrte und in zwei Hälften spaltete. Ich stand wie angewurzelt da und zitterte am ganzen Körper. Ich hatte zuvor noch nie solch eine Angst verspürt. Luka kam auf mich zu und musterte meinen immer noch entblößten Körper. Als er dann unmittelbar vor mir stand, wurde mir bewusst, dass ich immer noch entkleidet war und versuchte verzweifelt meinen Körper mit meinen Händen zu bedecken. Er nahm mich in seine Arme und drückte mich fest an sich, dann streifte er sich sein Hemd vom Körper, zog es mir über und knöpfte es zu. Zu dem stellte er fest, dass ich verletzt war und trug mich auf seinen

Armen aus der Höhle. Er setzte mich ans Ufer und sah sich meine Wunde an.

Oh nein, es raschelte schon wieder im Gebüsch. Hoffentlich nicht noch eins von diesen Monstern. Ich kniff die Augen zu und bettete „lass es wieder ein Kaninchen sein, bitte lass es ein Kaninchen sein."

Aus den Büschen kam ein „Hallo!"

Luka drehte sich um und gab Entwarnung „das ist Talia, eine alte Freundin von mir. Du kannst die Augen jetzt wieder auf machen."

Ich öffnete vorsichtig meine Augen und sah die Frau an die sich langsam über mich beugte und sagte „hi, ich bin Talia. Ich habe deinen Schrei gehört. Du bist verletzt, zeig mir deine Wunde, ich werde sie verarzten."

Ich sah Luka prüfend an und als er nickte, streckte ich ihr zögernd meinen rechten Oberschenkel entgegen, der stark blutete. Sie sah ihn sich an und holte dann einige Kräuter aus ihrer Tasche, die sie darauf ausbreitete, letztendlich verband sie den Oberschenkel. Sie wies Luka an sich umzudrehen, während sie mir half meine Sachen anzuziehen. Als sie fertig war, humpelte ich auf Luka zu. Luka drehte sich zu mir um und meinte „so können wir nicht weiter reisen!"

„Warum benutzen wir nicht einfach unsere Reittiere", fragte ich.

Talia antwortete: „Weil Edea euch sonst findet! Sie lässt den Mondstein

bewachen, von dem alle Reittiere versammeln, weil sie magisch davon angezogen werden und wenn eins eurer Tiere von euch gerufen wird, wird sie ihm folgen und euch finden."
Ich strich besorgt mit der rechten Hand über meinen Verband und fragte „und was machen wir jetzt?"
Talia sah mich lächelnd an und antwortete: „Wie wär's wenn wir mein Reittier benutzen?" Sie zeigte auf ein ganz normales herkömmliches Pferd. „Es ist zwar nicht so nobel wie euer Reittier, aber fürs erste reicht das."
Gesagt, getan Luka hob mich auf das Pferd und so führten wir unsere Reise fort.

Kapitel 13

Talia und Luka hatten sich offensichtlich viel zu erzählen, denn während wir die Reise fortsetzten, quatschten sie ununterbrochen von gemeinsam erlebten Geschichten. Was mich ein wenig eifersüchtig machte, schließlich hatten Luka und ich bis lang auf unserer Reise auch sehr viel erlebt, aber mit mir hatte er sich die ganze Zeit über, nicht so ausgelassen unterhalten.

Nach ein paar Stunden waren wir endlich aus dem riesigen Wald heraus und vor uns erstreckte sich eine Wiese mit langen Gräsern. Wir konnten bereits unser Ziel, die Berge von Kaska, sehen und wir kamen ihnen immer näher und näher. Als sich schließlich das riesige Gebirge direkt vor uns erstreckte, fiel mir auf dass es viele kleine Höhlen besaß, aus denen wir bereits beäugt wurden. Luka und Talia blieben stehen und sahen zu den Höhlen auf. Dann sprach Luka „wir können hier einen kleinen Zwischenstopp machen."

„Ja!", antwortete Talia.

Plötzlich stürmten viele kleine Menschen aus den Höhlen auf uns zu und von ihren grimmigen Gesichtern, konnte man ablesen dass sie auf Fremde nicht sonderlich gut zusprechen waren. Der mit dem grimmigsten Gesicht fragte mürrisch, „was wollt ihr hier?"

Luka sprach „wir würden hier gerne eine Rast einlegen, denn wie ihr sehen könnt, ist meine Freundin hier verletzt. Ich bin übrigens Luka!"

Der Winzling musterte mich und sah dann wieder Luka grimmig an, „wer ihr seid weiß ich, ihr seid der Sohn von diesem Biest Edea. Aber wer ist das Mädchen auf dem Pferd?"

„Sie ist Diva die Tochter von Göttin Kessallia"; antwortete Luka.

Auf einmal wich die Finstere Miene auf seinem Gesicht und schlug in ein freudestrahlendes Lächeln um. „Ihr seid Kessallias Tochter, selbstverständlich könnt ihr euch hier ausruhen, aber dich", er zeigte auf Luka, „dich behalten wir im Auge." Und er wies uns an, ihm zu folgen.

Luka half mir vom Pferd und trug mich dem Zwerg hinterher, in die Höhle. Talia trottete ebenfalls neben uns her. Als wir in der Höhle waren, staunte ich nicht schlecht, denn diese war wahnsinnig groß und die anderen Höhleneingänge die wir draußen gesehen hatten, führten alle in diesen großen Raum. In dem lauter kleine Hütten standen.

Der Zwerg führte uns in eine dieser kleinen Hütten, sah mich an und zeigte mit dem Finger auf eine gepolsterte Couch. Ich schaute zu Luka und der setzte mich auf der Couch ab. Der Zwerg rief ganz laut zur Tür hinaus „Hannes..."

Daraufhin stürmte ein ganz aufgeregter kleiner Mann, zur Tür hinein und antwortete: „Ja, was gibt's Bill!"

„Könntest du unsere Gäste mit allem versorgen was sie so brauchen?"

„Alles klar Chef."

Und somit verließ Bill die Hütte und Hannes wandte sich uns zu und fragte: „gibt es etwas was ihr benötigt, außer Essen und Trinken, dass ich euch gleich bringen werde?"
Talia antwortete: „wie wär's mit richtigem Verbandszeug für die Kleine?", und sie zeigte mit dem Finger in meine Richtung.
„Geht in Ordnung"; erwiderte Hannes.
„Ich werde in zwischen noch ein paar Kräuter suchen gehen", sprach Talia und ging mit forschen Schritten auf die Tür zu und verließ den Raum.
Schweigend warteten wir auf das Essen und auf Talia. Ab und zu warfen wir uns scheue Blicke zu. Und mir wurde schlagartig bewusst welche Körperteile er von mir bereits

erblickt hatte. Ich hoffte dass ich nicht gleich rot anlaufen würde. Ja, er war mir doch recht nahe gekommen.

Nach einigen Minuten kam Hannes zurück und servierte uns ein köstliches Mahl, dass Talia leider verpasste. Ich war eigentlich ganz froh über ihre Abwesenheit, so hatte ich Luka ganz für mich allein. Luka benahm sich mir gegenüber, sehr fürsorglich, was mir irgendwie gefiel. Warum auch nicht, schließlich war er, soweit ich mich bereits versichern konnte, ein sehr gut gebauter Mann mit einem hübschen, fein geschnittenen Gesicht. Ich erwischte mich sogar dabei wie ich mir vorstellte ihn zu küssen. Was hatte ich denn da für Gedanken, war ich etwa in ihn verliebt? Dass konnte doch nicht sein, oder doch?

Und während ich weiter vor mich hin träumte, vergaß ich sogar das Essen und trank nur hin und wieder mal einen Schluck. Luka betrachtete mich mit verwirrten Augen und sagte „was ist, hast du keinen Hunger?"

Ich entgegnete „doch!", und starrte auf meinen Teller, auf dem ein saftiges Stück Fleisch lag und begann zu essen.

Luka der seinen Teller bereits leer gegessen hatte und satt war, stand auf und ging zur Tür. Ich fragte: „Wo gehst du hin?"

„Ich gehe um zu sehen, ob wir hier unsere Ausrüstung aufstocken können, schließlich schmieden die Zwerge die besten Waffen auf der ganzen Welt und ich glaube für dich sollten wir auch eine Waffe besorgen, damit so was wie das da...", und er zeigte auf mein Bein „nie wieder passiert!"

Mit diesen Worten verließ er die Hütte und Talia kam mit den Kräutern zurück. Sie war ziemlich lange fort gewesen, ob sie wirklich nur Kräuter gesucht hatte? Aber ich grübelte nicht länger darüber nach. Als sie den gedeckten Tisch sah, mit den leckeren Speisen darauf, schmiss sie Kräuter auf die Couch, setzte sich zu mir an den Tisch und fiel über das Essen her. Sie vergaß jegliche Manieren. Wer zum Teufel war sie überhaupt? Fest stand jedenfalls nur, dass sie Luka gut kannte und wer weiß was der für einen Umgang pflegte. Bei der Mutter!

Als sie bemerkte, dass ich sie neugierig musterte, sah sie zu mir auf. Sie schien auch bereits fertig gegessen zu haben, denn sie begann ein Gespräch: „Ich wechsele dir gleich deinen Verband, schmerzt es noch sehr?"

„Na ja, ein bisschen, aber es ist schon besser geworden."

Talia schob die Kräuter bei Seite und sagte: „Komm zeig mal dein Bein her."

„Ja, einen kleinen Moment", ich tat was sie sagte und zeigte ihr mein Bein.

Sie wickelte den alten Verband ab und schaute sich die Wunde an. Die in der Tat schon weit besser aussah wie vorher. Als nächsten zerbröselte sie die Kräuter und verband die Wunde mit einem Verband den sie, wie zuvor, aus ihrer Tasche holte. In der sich noch mehr Kräuter, Verbandszeug und kleine Medizinfläschchen befanden. Die Wunde sah wirklich bereits viel besser aus, als vorher. Die Kräuter hatten also geholfen. Ich fragte sie, „woher habt ihr das gelernt?"

„Aus dem Hexenkloster, ich habe mich dort mal verstecken müssen."

„Komisch als ich dort war, habe ich euch gar nicht gesehen."

„Das kommt daher, dass sie mich verstoßen haben."

„Warum haben sie euch verstoßen?"

„Da will aber jemand alles ganz genau wissen was?"

„Entschuldigt ihr müsst nicht antworten."

„Ist schon okay", und sie holte einmal tief Luft, „sie haben mich verstoßen, weil ich mich in Luka verliebt hatte. Wir waren mal ein Paar und das gefiel weder seiner Mutter noch den Hexen, schließlich war ich in einem Kloster."

„Ah, du und Luka!"

„Ja, allerdings sind wir kein Paar mehr, seit Edea uns vor einer Ewigkeit, voneinander, getrennt hat. Dieses böswillige Miststück."

„liebst du ihn immer noch?"

Sie schwieg, diese Antwort blieb sie mir schuldig. Ich dagegen wertete dieses Schweigen als ein ja. Stattdessen sagte sie „komm, las uns sehen wo er steckt."

Da ich ihr einen fragenden Blick zu warf, nahm sie fordernd meine Hand und führte mich vorsichtig zur Tür. Ich versuchte ihr humpelnd zu folgen.

Wir fanden Luka bei einem Schmied, er war gerade dabei einige Schwerter auszuprobieren. Deshalb hielten ich und Talia sicherheitshalber ein bisschen abstand. Talia sah Luka an und fragte „schon was brauchbares gefunden?"

„Ja", sagte Luka „das hier drüben scheint sehr gut in der Hand zu liegen."

„Ok, wir sollten auch ein leichtes Schwert für Diva heraussuchen."

Luka sah zu mir rüber und sagte „probiere dies mal, das ist nicht so schwer."

Ich nahm das Schwert, das er mir zureichte und fuchtelte ein wenig damit herum. „Nein", sagte Talia „langsame Bewegungen."

Ich tat was sie sagte und meine Bewegungen wurden langsamer. Es war ein eigenartiges Gefühl so ein Schwert in den Händen zu halten und nur gut, dass es ein leichtes Schwert, denn ein viel schwereres hätte ich auch nicht halten können.

Luka beobachtete mich und fragte „na, wie fühlt sich das an?"

Ich antwortete voller Begeisterung „unglaublich, ich fühle mich unbesiegbar."

„Na, wer wird denn da gleich so übermütig werden?", lachte Luka.

Talia entgegnete „jetzt müssen wir die nur noch irgendwie den Umgang mit der Waffe beibringen. Deine Wunde wird schnell heilen, schließlich bist du eine Göttin und dann legen wir los."

„Ja", sprach Luka „denk dran wir werden nicht zimperlich mit dir umspringen, denn wie du bereits weist haben wir Götter den Vorzug, dass man uns nur mit dem Schwert der Götter töten kann. Alles andere wie zum Beispiel deine Beinverletzung schmerzt zwar, ist aber Kinderkram. Also ich denke wir können morgen mit dem Training beginnen."

Luka verbrachte den gesamten restlichen Tag bei dem Schmied und probierte ein Schwert nach dem anderen aus. Talia versuchte mir inzwischen schon einmal die richtige Haltung mit dem Schwert einzuimpfen.

Am Abend trafen wir uns alle in der uns zugeteilten Hütte wieder. Einer der Zwerge hatte bereits den Tisch mit leckeren Speisen für das Abendmahl gedeckt. Luka hatte sich wirklich ein prachtvolles Schwert ausgesucht, dass er uns auch gleich freudestrahlend präsentierte. Das Schwert, das ihm die Meermenschen mitgegeben hatten, war nicht annähernd so prunkvoll. Na ja, Meermenschen waren eben keine Zwerge.

So Talia war also Lukas Ex-Freundin, fragte sich nur ob Luka noch etwas für sie empfand. Aber warum interessierte mich das überhaupt, hatte ich mich etwa in ihn verliebt? Während des Abendessens redeten Talia und Luka ununterbrochen über Dinge die sie mit einander erlebt hatten. Mich beachtete plötzlich keiner mehr hatte ich jedenfalls so das Gefühl und irgendwie störte mich das. War ich eifersüchtig? Na ja, wie dem auch sei ich habe wichtigeres zu tun, schließlich musste ich die Welt von Edea befreien.

Wir gingen früh schlafen, doch ich lag grübelnd im Bett und die Nacht schien unendlich zu sein. Ich kam immer wieder auf das Thema Luka und Talia zurück. Irgendwann als ich immer müder wurde, schlossen sich dann auch meine Augenlieder.

Am nächsten Morgen weckte Talia uns früh und ich war definitiv nicht ausgeschlafen. Deshalb krabbelte ich noch so im Halbschlaf aus den Federn. Ich warf noch einen Blick auf meinen Oberschenkel und siehe da alles verheilt. Na dann konnte das Training ja beginnen und genau das war der Fall. Wir gingen auf den Trainingsplatz der Zwerge und dieser befand sich ebenfalls in dieser riesigen Höhle. Luka drückte mir mein neues Schwert in die Hand und zeigte mir die richtige Haltung. Talia beobachtete uns sehr genau. Luka brachte mir ein Hieb nach dem andern bei und Talia korrigierte ständig meine Haltung. So verbrachten wir den gesamten Tag und ich hatte das Gefühl, dass ich mich besonders dusselig anstellte. Es würde sicher noch Tage dauern bis ich es mit einer von diesen Bestien aufnehmen konnte.

Kapitel 14

Unsere nächste Station war der große Berg, wo angeblich eines der Siegel versteckt sein sollte. Bis dahin war es Gott sei Dank nicht mehr weit, zu mindestens sagte das die Karte. Am Abend verkündete Luka, dass wir am folgenden Morgen aufbrechen wollen. Der Häuptling der Zwerge betrachtete uns argwöhnisch, nickte dann aber und gab Hannes den Auftrag für uns ein wenig Proviant zusammen zupacken. Wir bedankten uns und gingen in Richtung unseres Quartiers, um noch ein bisschen schlaf zu bekommen.

Im Quartier angekommen schaute ich noch einmal auf meinen Oberschenkel und staunte, die Wunde war nicht mehr zusehen, vollkommen verheilt.

„Na, da staunst du was", sagte Talia mit einen Lächeln.

„Ja, allerdings"; entgegnete ich und fragte mich warum mir das nicht schon früher aufgefallen ist als ich im Schloss lebte. Aber dort durfte ich ja so gut wie nichts machen außerhalb meines Gefängnisses. Was hätte mir da schon passieren sollen. „So", sagte Talia „lasst uns schlafen, wir haben einen langen Tag vor uns."

Der Mond schien jedoch so hell, dass ich kaum schlaf bekam und am nächsten Morgen hätte ich ruhig noch ein paar Stunden Schlaf gebrauchen können. Doch dazu blieb keine Zeit. Kessallia und die anderen

befanden sich schließlich immer noch in Edeas Gewalt und ich hoffte, dass es ihnen nicht allzu schlecht ging. Talia war natürlich schon längst aufgestanden und sammelte die unser Gepäck zusammen. Luka jedoch schlief tief und fest. Aber was auffiel er hatte keine schlimme Alpträume mehr, die ihn Anfangs doch so quälten. Talia sagte: „so ruhig hat Luka schon lange nicht mehr geschlafen!"
Ich antwortete: „Ja, früher hatte er diese Alpträume. Aber ich weiß nicht warum, kannst du mir etwas darüber sagen?"
„In diesen Alpträumen ging es um seine Mutter, sie war nicht gut zu ihm."
„Hat sie ihn geschlagen?"

„Ha, geschlagen ist noch viel zu milde ausgedrückt. Sie hat ihn regelrecht gefoltert, dieses Miststück!"
„Warum hat ihm denn keiner geholfen? Wo war denn sein Vater?"
„Sein Vater war bereits Tod, als Edea Anfing ihn zu quälen und die anderen Götter hat das nicht interessiert, schließlich gehörte er zu den bösen Göttern. Alle dachten er wäre von Grund auf schlecht nur weil seine Eltern es waren. Die haben keine Ahnung. Du musst wissen Niemand ist von Geburt an schlecht."
„Tja, ich denke da hast du wohl Recht. Ich denke wir sollten ihn langsam wecken, oder?"
„Ja, weck du ihn lieber. Bei dir ist es ungefährlicher:"
„wieso ist es bei dir gefährlich?"

„Naja, mir hat er schon mal das hier verpasst", sie wies auf eine kleine Narbe an ihrem Haaransatz hin, die mir vorher gar nicht aufgefallen war.
„Oh, was mache ich wenn er mir auch so ein Ding verpasst?"
„Bei dir macht das nichts, da es ja sofort verheilt, siehe deinen Oberschenkel!"
„Ach ja!"
„Also so langsam musst du dich daran gewöhnen, dass du eine Göttin bist und dass nicht nur irgendeine, sondern die Götterprinzessin. Auf welchen Namen hörst du jetzt eigentlich Diva oder wie auch immer dein Name bei den gewöhnlichen Menschen war?"
„Hm, das weiß ich auch noch nicht so genau! Vielleicht sollte ich mich

tatsächlich daran gewöhnen, dass ich Diva heiße, da mich ja auch alle hier unter diesem Namen kennen."

„Na los, weck ihn auf wir müssen los."

Ich sollte ihn also aufwecken, ich sah vorsichtig zu ihm rüber und hoffte, dass er zu mir gnädiger sein würde als zu Talia, angesichts ihrer Narbe auch wenn sie nur sehr klein war. Ich ging langsam zu ihm rüber und setzte mich neben ihm aufs Bett. Er schlief so seelenruhig. Ich strich ihm behutsam eine Strähne aus dem Gesicht. Er sah wirklich sehr gut aus, mit seinen dunklen Haaren und seinen wunderschönen Wangenknochen und die Lippen, und so träumte ich dahin bis Talia es bemerkte und schmunzelnd sagte: „Ja, hübscher Bengel was?"

Ich lief rot an und drehte mich hastig zu ihr um, in dem Moment wachte Luka auf und fragte: „Wer sieht gut aus?"

Talia lachte und antwortete: „Du Schatz!"

Luka sah mich mit schläfrigen Augen an und bemerkte dass ich errötet war, was ihm ein unverschämtes Grinsen bescherte. Ich stammelte nur so „ich wollte dich nur wecken!"

Und ich war gerade dabei aufzustehen, als er mich am Arm festhielt, dichter an mich heran kam und mir ein kleines Küsschen auf die Wange gab. In dem Moment wurde Talia etwas lauter und sagte energisch „wir müssen jetzt los!"

Ich dachte nur, schade diesen Moment hätte ich gerne noch etwas länger genossen. Aber was war denn nur mit Talia los, war sie etwa eifersüchtig? Auf jeden Fall führte dieses Ereignis dazu, dass wir rasch aufbrachen. Die Sonne war nicht einmal vollständig aufgegangen.

Als wir eine Weile gegangen waren, taten mir auch schon die Füße weh und ich fragte: „Warum können wir eigentlich unsere Reittiere nicht rufen und auf ihnen weiter reiten, das wäre doch viel angenehmer?"

Luka antwortete: „Weil die Reittiere sich immer an einem besonderen Ort versammeln, von dem sie sich magisch angezogen fühlen. Edea lässt diesen Ort sicher bewachen, sie würde dann den Reittieren folgen und uns aufspüren. Es ist also besser wenn wir unsere Reise zu Fuß fortführen. Wir hätten schon viel eher daran denken müssen, dann wären die anderen sicher noch bei uns. Aber wenn du schon erschöpft bist können wir auch eine kleine Rast einlegen, allerdings sollten wir bevor es dunkel wird bei dem Berg, der da am Horizont zu sehen ist, sein. Wegen den Bestien, denn ich glaube kaum dass wir eine derartige Begegnung standhalten würden."

„Na dann mal lieber volle Kraft voraus", entgegnete ich. Schließlich hatte ich eine wahnsinnige Angst vor diesen Kreaturen.

Na endlich wir waren am Berg angekommen, denn glücklicher Weise war dieser nicht weit von dem Berg indem die Zwerge lebten entfernt. Nun standen wir am Fuß des Berges den wir erklimmen mussten, denn die Höhle in der wir das nächste Siegel finden würden, befand sich fast ganz oben. „Ok", sagte Talia, „denn lasst uns mal nach oben klettern. Freiwillige vor!"

„Alles klar", sagte Luka, „ich werde als erstes den Berg hinauf klettern. Wenn ich bei der Höhle angekommen bin, werde ich das Seil, dass wir von den Zwergen bekommen haben, hinunter lassen und euch hochziehen."

„Aber das ist doch wahnsinnig gefährlich! Was ist wenn du fällst?"

Mir stand die Angst förmlich ins Gesicht geschrieben. Was Luka offensichtlich ein Lächeln ins Gesicht zauberte und Talia zum Lachen brachte. Anscheinend nahmen die Beiden meine Bedenken gar nicht ernst. „Was ist!" Schnaubte ich wütend.

Talia antwortete: „Luka ist einer der Besten Kletterer in ganz Nona. Er hat erst kürzlich das letzte Wettklettern im Sommer gewonnen. Glaub mir dieser Berg ist keine Herausforderung für ihn."

„Allerdings", sagte Luka und flüsterte mir grinsend ins Ohr, „aber wie schön, dass du dir Sorgen um mich machst."

Ich senkte meinen rot anlaufenden Kopf und versuchte ihn in meinen Haaren zu verstecken, was die Beiden noch mehr amüsierte. Doch Luka wusste dass wir für derartige Beschäftigungen keine Zeit hatten und machte sich auf den Weg den Berg zu erklimmen. Was für tatsächlich ein Klacks zu sein schien. Wie abgemacht ließ Luka das Seil hinunter als er es oben befestigt hatte. Talia band mich an das Seil und schrie Luka entgegen, dass er es hochziehen solle, was er auch tat. Ich klammerte mich krampfhaft an dem Seil fest, denn meine Höhenangst war nach wie vor präsent.

Na endlich, ich war oben angekommen. Es kam mir wie eine Ewigkeit vor. Nun war Talia an der Reihe, aber was war denn das da hinten? Oh nein, eine Bestie! Talia musste sich beeilen. Sie hatte sich noch gar nicht richtig festgebunden, da schrie sie schon „zieh mich hoch!"

Luka antwortete: „Halt dich gut fest!"
Sie tat was er sagte und klammerte sich an das Seil. Sie entkam dem Monster so gerade eben. Aber zu mindestens hatte sie keine Probleme mit der Höhe. Als sie oben angekommen war, war sie ein wenig außer Atem und schnaufte, „puh das war knapp!"
Nun war es nicht mehr weit bis wir das zweite Siegel in den Händen halten würden und so gingen wir, gespannt was uns erwartet, in die Höhle. Zu unserer Überraschung schien die Höhle bewohnt zu sein, denn an den Wänden hingen brennende Fackeln, die uns den Weg zeigten. Luka sagte: „Wir müssen vorsichtig sein. Vielleicht ist uns jemand zu vorgekommen. Wahr-

scheinlich wieder so ein Wächter der mich nicht leiden kann, aber es könnte auch jemand anderes hier auf uns lauern."

Talia zog ihr Schwert und antwortete: „Sollen sie nur kommen!"

Luka lächelte, „sachte, noch ist ja niemand in Sicht."

Wir gingen vorsichtig Schritt für Schritt tiefer in die Höhle hinein, bis der Weg plötzlich endete. Warum ging es denn jetzt nicht weiter? Wir standen an einem tiefen Abgrund durch den ein heißer Lavastrom floss. Luka sagte: „Ok, lasst uns nach einem Hebel oder ähnliches suchen."

Wir tasteten die Wände ab, aber da war nichts. Dann mit einem Mal öffnete sich am anderen Ende des Ab-

grunds eine Wand. Talia flüsterte, "wer war das? Hat jemand von euch einen Hebel gefunden. Wer hat die Wand geöffnet?"
Ich und Luka schüttelten den Kopf.
Ich sagte: "Aber wer war's dann?"
"Tja", sagte Talia, "dort geht es offensichtlich weiter, doch wir kommen wir dahin?"
Ja, das war tatsächlich ein Problem. Denn eins stand fest soweit springen könnte von uns sicher keiner. Also wie? Nach ein paar Sekunden Rätselratens hatte keiner von uns bemerkt wie ein alter Mann mit langen, grauen, zotteligen Haaren die gegenüber liegende Seite betrat. Uns trennte lediglich der Lavastrom. Er konnte nicht zu uns und wir nicht zu ihm. Aber vielleicht hatte er die Fa-

ckeln angezündet und es gab doch einen Weg hinüber zukommen. Ich bemerkte wie mich der alte Mann genau musterte, was ihm offensichtlich ein lächeln aufs Gesicht zauberte. Dann sprach er „Kessallia schön euch zu sehen."

Ich antwortete leicht verwundert „ich bin nicht Kessallia, ich bin Genevieve..., äh Diva. Kessallia ist meine Mutter, sehe ich ihr wirklich so ähnlich?"

„Oh, die verschwundene Tochter. Kessallia musste euch damals fortschaffen, wegen Edea. Diese böse Hexe! Was führt euch zu mir?"

Ich kam gleich zur Sache und antwortete: „Wir brauchen das Siegel!"

„Wozu braucht ihr das Siegel?"

Luka sagte: „Wir brauchen es um das Schwert der Götter zu holen."

„Ja, ja, schon klar, aber wozu? Das Schwert wurde geschmiedet um einen Gott damit zu töten, denn bekanntlich sterben diese ja nicht so einfach!"

Luka antwortete mit entschlossener Stimme, „wir wollen damit meine Mutter Edea töten."

„Ja", sagte ich „Edea hat meine Mutter in ihrer Gewalt und wer weiß welches Unheil sie anrichten wird, wenn sie noch länger an der Macht bleibt?"

Der alte Mann richtete seinen Blick auf Luka und sagte zu ihm „und Du glaubst wirklich, dass du fähig bist deine eigene Mutter zu töten?"

„Ja, ich muss es tun!"

„Nun gut Genevieve, Diva oder wie auch immer ich dich nennen soll, kommt rüber und holt euch das Siegel."
Er betätigte einen Schalter auf seiner Seite und ein schmaler Weg tauchte auf, der zur anderen Seite führte. Luka wollte gerade den Weg überqueren, da stoppte ihn der alte Mann „halt nur die Prinzessin darf zu mir und sich das Siegel holen."
Luka sah mich an und trat bei Seite. Ich dachte nur, hoffentlich meldet sich nicht meine Höhenangst und so balancierte ich Schritt für Schritt auf dem schmalen Pfad in Richtung Siegel. Ich wagte es nicht dabei in die Lava zu schauen aber ich hatte den Weg immer Blick.

Als ich nach gefühlten Stunden auf der anderen Seite war und das Siegel in den Händen hielt, flüsterte der Wächter mir ins Ohr „seid gewarnt! Edea ist nicht leicht zu töten und auf ihren Sohn könnt ihr euch nicht verlassen. Ihr werdet Edea und eventuell auch ihren Sohn töten müssen, falls er sich wieder auf ihre Seite schlägt."
„Seid unbesorgt, dass wird er nicht", sagte ich zuversichtlich.
Dann trat ich den Rückweg an. Ich war schon fast wieder bei Luka und Talia angekommen, als der Weg unter meinen Füßen verschwand. Ich konnte mich gerade noch an einem Felsvorsprung klammern. Luka reagierte sofort und reichte mir seinen Arm, an dem er mich hochzog. Der

Wächter hatte einfach schon den Schalter betätigt, obwohl ich noch gar nicht sicher auf der anderen Seite stand. Er lächelte nur und sagte: „Entschuldige!"

Wofür er von Luka einen giftigen Blick erntete. Talia beruhigte ihn und wir verließen die Höhle.

Kapitel 15

Beim Verlassen der Höhle fragte Talia „was ist unser nächstes Ziel?"
Wir studierten zu dritt die Karte und Luka stellte fest „das nächste Ziel ist in den Wolken, dort finden wir das dritte und letzte Siegel!"
„Und wie kommen wir dort hin?" fragte ich rätselnd. Schließlich durften wir unsere geflügelten Reittiere nicht rufen und dein Pferd scheint auch keinen Schritt mehr gehen zu wollen. Wie lange bist du denn schon mit ihm unterwegs?"
Talia lächele und antwortete: „so ein paar Tage aber ich weiß wo wir neue Reittiere herbekommen, laß dich überraschen!"

Luka schien zu wissen um welche speziellen Freunde es sich handelte, allerdings schien er nicht so sicher zu sein ob diese uns wirklich helfen würden. Ich nehme an das, das mit seinem eher schlechten Ruf hier zu Lande, den er ja wie ich bereits feststellen konnte hatte. „Na dann", sagte Talia, „auf geht's!"
Also machten wir uns auf den Weg. Dieser führte uns durch hohe Gräser, die fast so groß waren wie wir selbst. Man könnte sich darin leicht verlaufen und was ich noch viel beunruhigender fand war, dass sich hier drin alles verstecken konnte, sogar die schwarzen Monster. Kaum kam mir dieser schaurige Gedanke, sagte Luka „stopp, hier stimmt was nicht!"

Er sah Talia mit ernster Miene an und sie antwortete: „Ja, ich spüre das auch."

Mein Atem stockte, sowie der von Talia und Luka, und dann Befahl Luka „lauft, lauft um euer Leben, immer in diese Richtung, mir nach!"

Kaum hatte er diesen Satz ausgesprochen schon packte er meine Hand und rannte los, immer Talia hinterher. Ich wusste noch gar nicht so recht was eigentlich los war, doch ich spürte wir irgendeine Herde hinter uns her raste. Aber ich ahnte dass es sich hierbei um die Biester handeln musste. Na endlich die Gräser endeten und wir standen doch tatsächlich auf einem Acker, dass bereits abgeerntet war. Die Biester waren immer noch hinter uns her und es waren mindestens zehn, wenn nicht sogar noch mehr. Zu allem Überfluss Stolperte ich auch noch, ausgerechnet jetzt. Luka drehte sich blitzschnell um und als ich mich wieder aufgerappelt hatte, sah ich nur noch wie Luka mit dem Schwert zuschlug und der Kopf des Biestes einem anderen Biest entgegen flog. Talia sprang ebenfalls vor mir und wir lieferten uns eine gefährliche Schlacht mit den Monstern. Selbst ich hatte jetzt im Umgang mit dem Schwert meine Feuertaufe und ich war gar nicht so übel. Doch trotzdem waren es einfach zu viele und sie hatten uns umzingelt. Mir wurde langsam aber sicher der Arm lahm und ich konnte nicht mehr so kraftvoll zuschlagen. Aber Luka und Talia kämpften unermüdlich. Doch was war das, was kam da auf uns zu? Das waren keine Biester, die gegen die wir kämpften schon. Aber die, die da auf uns zu kamen und die schwarzen Monster in Stücke rissen, was waren die? Sie kamen immer näher und sie waren weiß. Es waren weiße, riesige Tiger. Beim näher kommen sah ich, das dort auf den riesigen Tieren, Reiter saßen. Sie kamen direkt auf uns zu und die riesigen Tiger kämpften gegen die Bestien. Ich habe gesehen wir sie die Bestien in Stücke rissen und die restlichen schwarzen Monster verjagten. Die weißen, majestätischen Geschöpfe kamen mit ihren Reitern immer näher. Ich fragte die Talia und Luka „sind die gefährlich?"

„Nein!" antwortete Luka!
Talia war außer sich vor Freude und fügte hinzu „die sind nicht gefährlich! Das sind meine Landsleute!"
Sie wuschelte in ihren Haaren herum und zeigte ihre spitzen Ohren, die mir bis dahin gar nicht aufgefallen waren. Na ja, in der blonden Wuschelmähne konnte man sie unmöglich ausfindig machen. Eigentlich war sie wunderschön aber was war sie denn überhaupt? Luka sah mein Erstaunen und erklärte „das sind Waldelfen! Sie sind hervorragende Reiter, da sie eins sind mit der Natur und ihre Reittiere von Geburt auf an aufziehen."
„Warum hatte Talia kein Reittier?"
„Edea baute eine Falle um Talia los zu werden, da sie die Beziehung mit

mir beenden wollte. Dabei ist ihr Tiger so schwer verletzt worden, dass es noch in derselben Nacht starb. Nur Talia, die sie eigentlich töten wollte überlebte. Seit dem reist Talia von einem Ort zu anderen um nicht in Edeas Hände zu geraten."
„Edea will immer noch Talias Tod?"
„Ja, weil sie befürchtet ich und Talia könnten wieder zu einander finden."
Ich sah beide mit einem fragenden Blick an „wenn ihr die Möglichkeit hättet, währt ihr dann wieder ein Paar?"
„Nein", sagte Talia.
Luka fügte hinzu „das war nur eine Jugendliebe!"
Talia nickte „Ja, nichts für die Ewigkeit! Du kannst ihn dir noch schnappen!"

Ich spürte wie ich rot anlief als hätte man mich ertappt. Aber ich könnte auch spüren dass sie noch Gefühle für ihn hat. Sie schien sogar ein wenig traurig über Lukas Aussage zu sein, dass sie nur eine Jugendliebe gewesen war. Luka dagegen grinste bis über beide Ohren als er bemerkte, dass ich total rot angelaufen war und es hatte den Anschein dass er sich darüber freute. Mir dagegen war das absolut unangenehm so erwischt zu werden.

Talia wurde von ihren Landsleuten freudig begrüßt, Luka dagegen weniger. Dann wanden sie sich nach mir um und musterten mich von oben bis unten. „Ja", sagte einer, „sie sieht genauso aus wie ihre Mutter. Aber

du," und er zeigte mit dem Finger auf Luka, „du bringst nur Unglück!"
Talia verteidigte Luka mit den Worten, „er kann doch nichts dafür, dass er so ein Scheusal zur Mutter hat!"
Ihre Landsleute sahen sie mit einem missbilligenden Blick an, dann sprach einer von ihnen der, der Anführer zu seien schien, „kommt erst mal mit zu uns ins Lager, wir werden dann entscheiden was mit euch geschieht."
Sie brachten uns auf ihren riesigen Tigern in ihr Quartier. Als wir dort ankommen freuten sich alle Talia wiederzusehen aber nur eine ältere Frau freute sich Luka wieder zu sehen, die anderen warfen ihm nur böse Blicke zu. Der Anführer sagte in einem beherrschten Ton zu der Frau,

„es wird das Beste sein wenn du die drei in deinem Quartier unterbringst."

„Ja!" antwortete die Frau.

Als wir der alten Frau in ihr Quartier, was mehr oder weniger aus einem riesigen Zelt bestand, redeten Luka und Talia ununterbrochen mit ihr. Sie hatten sich scheinbar viel zu erzählen. Soweit ich ihrem Gespräch folgen konnte hatte Luka auch einen weißen Tiger, um den sich die ältere Frau kümmerte.

Das gesamte Lager bestand aus mehreren großen Zelten soweit ich sehen konnte. Allerdings was mich ein wenig verängstigte war, das die riesigen weißen Tiger zwischen den Bewohnern frei herumliefen. Aber meine Ängste waren unberechtigt, denn sie schienen den Reitern und ihren Familien nichts zu tun. Plötzlich stürmte einer der weißen Tiger unaufhaltsam auf Luka zu, Mir stockte der Atem und mein Herz rutschte mir buchstäblich in die Hose. Der weiße Tiger ließ sich aber nicht von meinen erstarrten Gesichtsausdruck von seinem Kurs abbringen und warf Luka regelrecht zu Boden. Nein, nicht um ihn zu fressen, so wie ich es anfangs vermutet hatte. Nein, um ihn von oben bis unten ab zu schlappern und es schien so als würden sie zur Begrüßung mit einander spielen.

„Na da haben sich ja zwei alte Freunde gefunden!" rief jemand.

„Oh ja!" antwortete Talia.

„Freunde", entgegnete ich.

„Ja Freunde!" wiederholte der Unbekannte der Luka und Talia allerdings nicht fremd war.

„Ich bin übrigens Mischa", stellte sich der Unbekannte vor. „Und du bist sicherlich Kessallias Tochter Diva, wir haben lange auf dich gewartet. Edea sucht nach euch, aber hier seit ihr für das Erste sicher. Talia bringst du unsere Gäste bitte ins Gästezelt?"

Talia antwortete: „Ja, selbstverständlich." Sie warf mir und Luka einen Blick zu und sagte: „Folgt mir!"

Luka verabschiedete sich von dem Tiger und wir beide folgten Talia. Sie brachte uns zu einem Zelt das etwas abseits vom Lager stand. „So", sagte sie, „da wären wir, macht´s euch gemütlich." Und verschwand.

Ich warf einen kurzen Blick in das Zelt, es schien sehr gemütlich zu sein. Luka folgte mir und sagte: „Du hast sicherlich viele Fragen, oder? Also erstmal das hier ist Talias Volk, sie ist eine Elfe. Sie hat nur eine lange Zeit bei den Hexen gelebt, weil Edea ihren Tiger schwer verletzt hatte. Talia hatte gehofft das die Hexen im Kloster, die ja wie du weist der Kräuterkunde mächtig sind, ihrem Tiger helfen könnten. Doch das war nicht der Fall. Der Tiger ist leider an seinen Verletzungen gestorben. Aber Talia hat dort ein bisschen über die gängigsten Kräuter gelernt, deshalb konnte sie dir mit deiner Verletzung gut helfen."

„Wie bist du zu deinem Tiger gekommen, schließlich bist du keiner von den Elfen?" fragte ich.

„Nun ja", antwortete Luka, „ich habe den Tiger als er noch klein war allein im Wald gefunden. Seine Mutter hatte ihn aus irgendwelchen unerklärlichen Gründen verstoßen. Ich hatte ihn zunächst zu den Elfen gebracht, die mir sagten ich könne ihn behalten. Ich habe ihn nach ihren Ratschlägen großgezogen und für mich als Reittier genutzt, wenn ich wollte dass meine Mutter mal nicht erfährt wo ich bin. Er heißt übrigens Max und ist gleichzeitig mein bester Freund!"

Talia kam nach einer Stunde zurück zu uns und hatte ein Korb mit den verschiedensten Speisen dabei und

sagte ein wenig außer Atem, „ich habe uns ein Paar Speisen zubereitet, ich hoffe dass sie schmecken. Esst aber nicht zu viel, denn heute Abend findet eine kleine Feier statt."
Sie breitete die Speisen auf einem kleinen Tischchen in der Mitte des Zeltes aus. Die Sachen sahen wirklich lecker aus und sie schmeckten vorzüglich, aber vielleicht hatte ich auch nur einen Bärenhunger. Nach dem Essen legten wir uns einen Augenblick aufs Ohr, um bei der Feier am Abend fit zu sein. Und Talia hatte nicht zu viel versprochen es gab Essen bis dass das Auge reicht. Allerdings hatte ich nicht mehr allzu großen Appetit, da wir ja bereits gegessen hatten. Aber da war so ein leckeres Getränk aus irgendwelchen Bee-

ren, das hin und her gereicht wurde. Davon konnte ich gar nicht genug bekommen und Luka schien sich darüber zu amüsieren. So nach und nach dämmerte mir weshalb, die Beeren waren gegoren und ich wurde immer beschwipster. Anfangs wurde mir immer wärmer und ich musste ständig kichern. Aber dann wurde ich irgendwann immer müder und müder. Ich kuschelte mich an Luka und schien das als selbstverständlich zu halten, ihm ab und zu ein kleines Küsschen auf die Wange zu geben. Er schien das schmunzelnd zu genießen. Mit einem Mal war ich völlig weggetreten und erwachte erst am nächsten Morgen im Zelt, in seinen Armen. Was war passiert? Aber so schockiert ich auch war ich konnte mich einfach nicht aus seinen Armen lösen, denn es schien der schönste Platz auf der Welt zu sein. Also kostete ich den Moment so lange aus wie es ging. Ich machte einfach die Augen zu und tat so als würde ich noch schlafen.

Allerdings wurde die Kuschelei abrupt von Talia beendet. Sie trat in das Zelt und weckte Luka mit den Worten „komm schnell ich will dir etwas zeigen."

Luka stand auf und verließ das Zelt. Ich rappelte mich mühsam auf und folgte ihm. Ich hatte echt Mühe, mit meinem vom gestrigen Abend pochenden Kopf, schritt zuhalten. Ich taumelte ihnen mehr hinter her als dass ich lief.

Talia führte uns zu einem aus Stroh gemachten Unterstand, wo eine Tigerin ihren Nachwuchs versorgte. Luka schien war mit einem mal außer sich vor Freude. Er sagte: „Das ist doch nicht etwa...?"

„Doch Luka, das ist der Nachwuchs von deinem Max!", unterbrach sie ihn.

„Das ist ja großartig! Sie sehen auch sehr kräftig aus, dass werden sicher grandiose Weggefährten."

„Ja, die sind wirklich niedlich!", entgegnete ich. „Aber sind die nicht gefährlich?"

„Na klar, Es gibt schon gewisse Regeln die man einhalten sollte!"

Dann meldete Talia sich zu Wort „kommt lasst uns frühstücken!"

Luka sah mich prüfend an, legte seinen Arm um mich und sagte mit einem breiten Grinsen „du solltest lieber beim Frühstück auf Beerensaft verzichten", dann drückte er mich und gab mir einen Kuss auf die Wange. Ich lief natürlich bei der Erinnerung an den gestrigen Abend feuerrot an. „Sag mal wie lange warst du heute Morgen eigentlich schon wach?" fragte Luka mit einem noch breiteren Grinsen.

Verdammt, dachte ich er hatte bemerkt dass ich heute Morgen bereits wach war und mich in seine Arme gekuschelt hatte. Jetzt wurde er glatt so frech und behauptete „gib es zu du liebst mich!"

Talia rettete mich in dem sie sagte: „Kommt jetzt, wir wollen den König nicht warten lassen."

Luka nahm meine Hand und ging mit mir Händchenhaltend durch das Elfendorf. Talia warf mir ein lächeln zu und ging dann voran zum König. Als wir im Zelt des Königs angekommen waren, musste Talia uns beim König ankündigen, ehe wir das Zelt betreten durften. Auf dem Weg bis zum Zelt war mir aufgefallen, dass mich alle Einwohner mit einem breiten Grinsen verfolgten und als wir das Zelt betraten erging es mir nicht anders. Alle saßen in einer Runde auf dem Boden und Grinsten mich an. So viel zum Beerensaft! Sogar der König selbst musste erst einmal schmunzeln, als er mich sah.

Der König befahl uns, uns zu setzen. Also setzten wir uns auf den Boden um einen kleinen Tisch herum, auf dem alle erdenklichen Speisen seinen Platz fanden. Er sagte: „Nehmt Platz, ihr müsst hungrig sein!"
Luka und Talia langten kräftig zu, mir dagegen war noch nicht so nach essen zumute. Stattdessen hatte ich einen furchtbaren Durst. Ich griff zur Wasserflasche und goss mir fleißig Wasser in meinen Becher. Den Beerensaft ließ ich diesmal lieber stehen. Wiedermal zur Belustigung aller! Der König kam als erstes wieder zu Wort. Er fragte: „Wo soll die Reise den hingehen? Wenn ihr das Dritte Siegel sucht, dann solltet ihr bei den Vogelmenschen vorbei schauen, denn eure geflügelten Einhörner

dürften unter Edeas Aufsicht sein. Vielleicht solltet ihr auf den Weg zu den Vogelmenschen Max mitnehmen, der Tiger könnte euch die Bestien vom Leib halten."

„Ja", sagte Luka, „daran habe ich auch schon gedacht."

„Na", erwähnte Talia, „und vielleicht sollten wir der Prinzessin noch ein Paar Übungsstunden mit dem Schwert erteilen. Entschuldige aber das war wirklich kläglich."

Ja, sie hatte Recht als ich mit dem Schwert gegen diese Bestien gekämpft habe, habe ich tatsächlich ein sehr klägliches Bild abgegeben. Also stellte mir der König einen seiner besten Lehrer beiseite um den Umgang mit dem Schwert zu lernen. Der Unterricht begann gleich nach dem

Frühstück, obwohl mir nach meinem Schädel zu urteilen nicht nach einer Übungsstunde zumute war. Aber ich hatte keine andere Wahl, der Schwertmeister winkte mich aus dem Zelt. Ich sah Luka fragend an ob ich nun mitgehen sollte. Luka nickte, was wohl ein ja bedeuten sollte. Also folgte ich dem Schwertmeister. Er führte mich zu dem Übungsplatz im Dorf, wo mehrere Halbwüchsige der Elfen bereits trainierten. Ich sollte ihm zeigen was ich bereits bei Talia und Luka gelernt hatte, er konterte und es dauerte nicht lange da landete ich mit meinem hübschen Gesicht im Dreck. Und so erging es mir den ganzen Morgen. Ich wurde zwar mit jedem Hieb besser und vor allem schneller, aber der Schwertmeister

war immer noch ein bisschen schneller und besser. Als ich fix und fertig auf dem Boden saß von oben bis unten mit schlamm bedeckt, sagte der Trainer „gar nicht mal so übel!"
Was hatte er das jetzt ernst gemeint, dass konnte nicht sein ernst sein. Aber es schien tatsächlich so zu sein. Luka kam auf mich zu und sagte lächelnd „tja, sieht so aus als müsstest du dich vor dem Mittagessen noch waschen, mein kleiner Dreckspatz!"
Ich schaute ihn mit müden Augen an und versuchte mich aus meinem Schlammbad aufzurappeln. Erfolglos, bei dem Versuch auf zu stehen, gaben meine Beine sofort wieder nach und ich landete erneut mit meinem Hintern im Dreck. Luka hob

mich auf seine starken Arme und trug mich zu einem Fluss in der Nähe des Dorfes. Er setzte mich behutsam am Ufer ab und wusch mir den Dreck aus dem Gesicht. Talia ist uns bis zum Fluss gefolgt. Sie brachte mir frische Klamotten und ein Tuch zum Abtrocknen. Luka verließ uns und ging zurück in Richtung Dorf. Also nahm ich erst mal ein kleines Bad im Fluss.

Kapitel 16

Nach dem ich endlich wieder sauber war und frische Klamotten an hatte, ging es mir schon viel besser aber ich war immer noch sehr Müde vom gestrigen Abend. Talia brachte mich zu unserem Zelt und meinte „ruh dich noch ein bisschen aus. Ich bringe dir dein Essen später. Du siehst wirklich sehr müde aus."
„Oh ja!", antwortete ich erleichtert.
Also verschwand ich im Zelt und haute mich auf die Ohren, bis Talia und Luka mich am späten Nachmittag weckten. Talia reichte mir einen Teller mit Speisen vom Mittagessen. Das kam wie gerufen, denn ich hatte einen Bärenhunger und der Teller war innerhalb weniger Minuten bis

auf den letzten Krümel verputzt. Luka sagte; "heute werden wir uns noch ein wenig ausruhen und Morgenfrüh werden wir unseren Weg fortsetzen.

Der Tag ging schneller zu Ende als ich gehofft hatte. Talia und Luka standen mit einer Truppe von vierzig Mann vor dem Zelt. Alle voll ausgerüstet mit Waffen und Proviant. Sogar die Tiger auf denen sie saßen schienen voll einsatzfähig zu sein. Luka stand mit Max ganz vorne. Luka hatte Max einen roten Samtsattel umgeschnallt. Als Luka den Sattel endlich befestigte und sich auf Max´s Rücken schwang, kam der riesige Tiger auf mich zu. Mir wurde schon ein bisschen mulmig, denn schließlich hatte ich nicht vergessen wie spielend leicht dieses Tier die Biester im Wald zerfetzte. Nun stand das edle Tier mit Luka direkt vor mir und Luka reichte mir seine Hand und sagte: „Na komm schon, Du willst doch nicht laufen, oder?"

„Nein, eigentlich nicht!" antwortete ich etwas ängstlich.

„Keine Angst, die Tiger tun nichts, zumindest nicht uns!", rief Talia, die ebenfalls auf einem Tiger saß, mir lachend zu.

Ich blickte dem Tiger in die Augen und stieg noch etwas zögernd zu Luka auf den Tiger. Jetzt konnte die Reise fortgeführt werden, schließlich wartete das Dritte Siegel auf uns und Kessallia auf ihre Rettung.

„Na dann kann es ja losgehen!", sagte Talia und die Karawane setzte sich in Bewegung. Der Weg führte uns durch einen tiefen, dicht bewachsenen Wald durch den ein schmaler Pfad führte. Der Wald schien nahezu unpassierbar zu sein, ständig hing man in irgendwelchem Geäst. Es war auch recht schattig und dunkel in dem Wald, es kamen nur ein paar Sonnenstrahlen durch das Gewirr von Ästen hindurch. Ich klammerte mich dicht an Luka und duckte mich wenn er sich duckte um den Ästen auszuweichen. Auf dem Tiger war es bequemer als ich dachte und der weiche Samtsattel trug erheblich zur Bequemlichkeit bei. Ich fragte mich wie wohl unser nächstes Ziel aussehen würde eine Höhle oder ein Berg? Ich hatte die Karte nur ein paar Mal flüchtig gesehen. Luka hatte den Weg zu unserem Ziel allein mit Talia und ihrem Volk besprochen. Ich war zu dem Zeitpunkt nicht anwesend, da ich ja mit Ausnüchtern vom Beerensaft beschäftigt gewesen war. Plötzlich hielt die Truppe an einer kleinen Lichtung. Talia und Luka beschlossen hier eine Rast einzulegen, da es schon mehr Nacht als Tag war und nur noch der Mond die Lichtung beleuchtete. Wir stiegen alle von den Tigern ab und nutzten die Gelegenheit um etwas zu essen und zu trinken. Die Tiger wurden ebenfalls mit einer Ration Fleisch versorgt, bis sie sich gesättigt zu ihrem Herrchen kuschelten. Ich saß neben Luka der sofort seinen Arm um mich legte und Max der selenruhig auf Lukas anderer Seite Platz genommen hatte. Luka neigte seinen Kopf zu mir und flüsterte: „Heute Nacht sind wir sicher, die Tiger beschützen uns vor den Bestien, also schlaf gut!"

„Ich werde es versuchen.", entgegnete ich. Doch in Wirklichkeit war ich so Müde das ich sofort einschlief, im Gegensatz zu früher wo ich noch in meinem goldenen Käfig leben musste. Ja seit dem ich auf dieser wohl nie endenden Abenteuerreise war, war ich ständig übermüdet und schlief von daher jede Nacht wie ein Stein.

Als ich am nächsten Morgen aufwachte war Luka bereits aufgestanden und besprach mit den anderen die Route. Ich traute mich nicht so recht aufzustehen und zu den anderen zu gehen, weil sich Max der Tiger von Luka an mich gekuschelt hatte. Luka bemerkte mein Problem, lächelte und rief den Tiger zu sich. Ich stand auf und folgte dem Tiger zu Luka. Ich fragte: „Wann geht die Reise weiter?"

„Jetzt gleich", antwortete Talia die das Gespräch mit angehört hatte.

„Na dann", entgegnete Luka, setzte sich auf den Tiger und hielt mir seine Hand hin. Damit ich hinter ihm auf Max platznehmen konnte. Sobald alle auf ihren Tigern saßen, setzten sich die Tiger in Bewegung. Unser weg schien uns immer tiefer und tiefer in den Wald zu führen und so seltsame schreie hallten durch die Bäume. Es hörte sich an wie riesige Vögel und war sehr unheimlich. Ab und zu wenn die Bäume die Sonnenstrahlen durch ließen, konnte man einen riesigen Schatten auf dem Waldboden entdecken. Der Schatten war so groß wie ein Mensch, das war sehr beängstigend.

Plötzlich sagte eine Stimme aus den Bäumen, „was wollt ihr hier?"

Ich drehte mich zu allen Seiten um, konnte aber nicht feststellen zu wem die Stimme gehörte. Luka antwortete: „Wir brauchen eure Hilfe."

„Wer spricht da", rief ich in die Baumkronen.

Luka sprach: „Wir haben einen langen Weg hinter uns und unser nächstes Ziel ist das Labyrinth der Götter."

Die Stimme aus den Bäumen antwortete: „Warum sollten wir euch

dorthin bringen?" und fügte hinzu, „tja, da müssen euch wohl Flügel wachsen!", da erklang ein schallendes Gelächter aus den Bäumen und alle Baumkronen um unsere herum bewegten sich.
Luka rief in die Baumkronen zurück, „wir haben die rechtmäßige Thronerbin bei uns!
Diva, die Tochter von Königin Kessallia!"
Es wurde kurz ruhig um uns herum, dann flog ein riesiger Vogel oder Mensch oder was auch immer auf uns zu und landete direkt vor meiner Nase. Das schien der Anführer zu sein. Er sah aus wie ein Mensch hatte aber riesige Flügel wie ein Vogel und auch seine Gefolgsleute kamen näher. Sie betrachteten mich neugie-

rig von allen Seiten. Nun meldete sich der Anführer zu Wort, „tatsächlich ihr seht Kessallia wirklich verblüffend ähnlich und da sehe ich auch Edea´s verfluchten Sohn.", und er warf Luka einen bösen Blick zu, „was habt ihr mit ihr vor?"

„Wir wollen meine Mutter Edea vom Thron stürzen.", antwortete Luka.

„Du, du Taugenichts von Sohn willst deine Mutter vom Thron verjagen?", ertönte die zornige Stimme des Anführers, „ist ja schön dass die verschollene Tochter, die ihrer Mutter wirklich wie aus dem Gesicht geschnitten ist, wieder aufgetaucht ist. Aber wo zum Teufel ist die richtige Königin Kessallia? Sie ist doch nicht etwa...?"

Ich antwortete: „Nein, ich hoffe nicht aber sie wird von Edea gefangen gehalten."

„Nun nicht mehr!", sprach eine gut bekannte Stimme.

„Königin Kessallia, wie seid ihr entkommen?", antwortete ich verdattert.

„Nun ja, ich habe da ein wenig mit Zauberei nach geholfen!", sprach eine weitere vertraute Stimme.

„Maverick, der gute alte Zaubermeister Maverick.", fügte Luka beinahe sprachlos hinzu.

„Ja wohl, stets zu ihren Diensten!", entgegnete Maverick mit einem vor Freude strahlenden Lächeln.

„So wie soll es den nun weitergehen?", fragte Kessallia.

„Wir müssen irgendwie zu dem Labyrinth in den Wolken gelangen, ohne dass Edea uns bemerkt!", sagte Luka.

Kessallia antwortete: „Ach dann wart ihr sicher schon bei den Zwergen und seid im Besitz des Siegels aus den Bergen?"

„Ja, so ist es!", verkündete Luka stolz.

„Das klingt ja alles schön und gut, aber wie wollt ihr dort unbemerkt hingelangen?", mischte sich der Anführer der Vogelmenschen ein.

„Oh, ich hätte da schon eine Idee, aber ganz ohne euch geht es nicht!", entgegnete Kessallia.

Maverick sprach: „Jetzt wo diesen Zauberer Janek aus endgültig aus dem Weg geräumt habe. Wie sieht euer Plan aus?"

Ich fragte neugierig, „Wie habt ihr Janek aus dem Weg geräumt?"

„Ich habe ihm seine Zauberkraft genommen. Er wird nun zur Strafe für den Rest seines Lebens die Zauberschule putzen müssen.", antwortete Maverick und entgegnete nochmals, „nun sagt schon, wie kommen wir unbemerkt zum Labyrinth?"

Kessallia und Luka blinzelten sich grinsend an und erwiderten, „das las mal unsere Sorge sein!"

Letzten Endes vielen Lukas und Kessallias Blicke auf mich. Ich schaute mich fragend um, „Was ist los, warum starrt ihr mich alle so an?"

„Wir drei mein liebes Kind, werden einen Nebel herauf beschwören und die Vogelmeschen bringen uns zum Labyrinth."

„Aber wie sollen die Vogelmenschen den Weg finden, wenn alles nebelig ist?", fragte ich besorgt. „Und was ist wenn ich keinen Nebel hinbekomme?"

„Mach dir um uns keine Sorgen wir finden den Weg im Schlaf!", sagte der Anführer der Vogelmenschen.

Luka wandte sich zu mir, „du schaffst das! Du musst dich einfach nur konzentrieren."

Kapitel 17

Ich sagte etwas unsicher, „na dann los, ich versuche es."
„Ok, seid ihr alle bereit!", rief Kessallia.
Und dann ging es los. Ich konzentrierte mich und tatsächlich es war ganz einfach. Bei mir dauerte es zwar ein wenig länger wie bei Luka und Kessallia, aber ich war schon zufrieden dass es überhaupt klappte. Der Nebel wurde immer dichter und dichter. Man konnte Luka und Kessallia schon gar nicht mehr erkennen. Ich hielt mich krampfhaft an dem armen Vogelmenschen fest der das große Los gezogen hatte ausgerechnet mich, den größten Klammer-

affen, zum Labyrinth fliegen zu dürfen.

Wir hatten Glück, dass es nicht stürmisch war sondern eher ruhig. Somit erreichten wir das Labyrinth schnell und völlig unbeschadet. Beim Labyrinth ankommen stellte sich nun die Frage wie wir zu unserem Ziel kommen sollten, ohne uns dabei zu verirren. Die ich auch prompt stellte und auf die Kessallia eine Antwort kannte. Sie sagte: „Wir müssen auf die Nacht warten, dann zeigen uns die Feen den Weg durch das Labyrinth."

„Wieso Feen, wo sollen hier den Feen herkommen?", fragte ich mit einem riesigen Fragezeichen im Gesicht.

Kessallia antwortete: „Sie leben im Labyrinth und kennen den Weg zum Siegel ganz genau. Man kann sie jedoch nur nachts sehen, dann geistern sie leuchtend durch das Labyrinth."

Während ich Kessallias Worten lauschte, stellte Luka fest „und da die Sonne bereits untergeht werden wir wohl nicht lange auf die Feen warten müssen."

Kessallia nickte und flüsterte mir zu „er mag dich."

Ich sah meine Mutter mit großen Augen an und flüsterte zurück „sei still sonst hört er dich noch."

Die Vogelmenschen verabschiedeten sich noch von uns ehe sie verschwanden und kurz danach brach die Nacht herein, doch von den Feen

keine Spur. Wir warteten und warteten bis es endlich Mitternacht wurde. Joel verlor schon die Geduld und schimpfte „wann kommen diese verfluchten Feen endlich? Ich hoffe sie kommen bevor uns Edea hier findet."
„Geduld, habe Geduld Joel", antwortete Kessallia.
„Da", rief Luka „da drüben, das Leuchten!"
„Ich habe doch gesagt sie werden kommen!", sprach Kessallia.
Das Leuchten kam direkt auf uns zu und es waren viele kleine Lichter die da in der Ferne leuchteten. Die Lichter bewegten sich strikt in unsere Richtung und der Abstand zwischen uns und ihnen wurde immer geringer. Es waren ein Rosafarbende Lichter, die da auf uns zukamen.

Nun endlich waren sie da und standen direkt vor uns. Sie strahlten um die Wette und eine von ihnen sprach zu uns oder eher zu Kessallia „wir haben euch schon erwartet, ihr wollt sicher durch das Labyrinth geführt werden. Nun denn folgt uns aber trödelt nicht, dort gibt es viele Fallen!"
Kessallia sah uns an und sagte: „kommt."
Die Feen gingen voran ins Labyrinth und wir folgten ihnen. Im Labyrinth war es stock finster und wurde nur durch das Leuchten der Feen soweit beleuchtet das man die Umrisse erkennen konnte. Deshalb mussten wir aufpassen dass der Abstand zwischen ihnen und uns nicht zu groß wurde. Denn sie liefen sehr schnell

durch das Labyrinth und ich hatte echt Schwierigkeiten mit ihnen Schritt zu halten. Oh nein, der Abstand zwischen den anderen und mir wurde immer größer. Ich wäre fast einen Gang zu früh abgebogen und in eine Fallgrube gestürzt. Doch Luka packte gerade noch rechtzeitig meinen Arm. Von diesem Augenblick an ließ er mich nicht mehr aus den Augen und er griff nach meiner Hand, um mich hinter sich her durch das Labyrinth zu ziehen. Glücklicherweise konnten wir gerade noch die Leuchten Feen sehen um ihnen zu folgen und da waren wir auch schon an unserem Ziel angelangt. Wir standen vor einem Brunnen an dem eine Leiter befestigt war. Die Feen drehten sich um und flogen

den Brunnen hinunter. Also mussten wir ihnen über die Leiter folgen und ich musste mit wieder einmal mit meiner Höhenangst kämpfen. Unten angekommen tapsten wir durch herrliches warmes Wasser, das aus einer Quelle sprudelte. Eine der Feen sprach zu uns „wartet einen Augenblick dann ist es so weit."
„Wir warten!", antwortete Kessallia.
„Ja, aber auf was warten wir?", fragte ich neugierig.
„Wir warten auf die Feen-Königin, sie wird uns das Siegel geben. Solange können wir uns so wie die anderen Feen an der Feen-Quelle erfreuen."
Und genau das taten wir auch. Das herrliche warme Wasser und die Leuchtenden Feen, das sah einfach zu verlockend aus. Wir stiefelten mit

Klamotten und Stiefeln ins Wasser. Es war einfach Toll und dann wurde plötzlich alles ganz still. Die Feen-Königin betrat die Quelle. Sie sah sich um und überprüfte jedes Gesicht und jede einzelne Bewegung die wir machten. Sie warf Kessallia, das ihr ein bekanntes Gesicht zu sein schien, einen langen Blick zu und lächelte sie an. Dann schwenkte sie ihren Blick zu mir und dann wieder zu Kessallia und übergab ihr das letzte Siegel. Sie sagte kein einziges Wort, weder zu mir noch zu Kessallia. Sie verschwand ganz einfach wieder in der Höhle. Eine der Feen begleitete uns wieder aus dem Labyrinth hinaus ins Freie. Zum Glück war es noch Nacht, sonst hätte Edea uns sicher schon längst gefunden und eingekerkert.

So nun da wir alle Siegel zusammen hatten mussten wir irgendwie wieder aus den Wolken hinunter auf die Erde um zum Schwert zu gelangen. Die Vogelmenschen waren bereits fort sie hatten offensichtlich nicht auf uns gewartet. Uns blieb nichts anderes über als die geflügelten Einhörner zu rufen, auch wenn dadurch Edea uns auf den Fersen sein wird. Also holten Joel, Luka und Kessallia ihre Okarina heraus und spielten die Melodie. Es dauerte nicht lange und die göttlichen Reittiere waren am Himmel zu sehen. Der Himmel war nicht mehr vom Nebel umhüllt, sondern es war eine glasklare Sternennacht. Als die edlen Tiere landeten, stiegen wir rasch auf. Ich Maverick stieg zu Kessallia aufs Reittier und ich stieg als wäre es selbstverständlich mit zu Luka aufs Reittier, wo drüber sich Kessallia amüsierte. Doch nun mussten wir uns beeilen Edea war mit ihrem Gefolge am Himmel zu sehen. Maverick versuchte Edea mit ein paar Zaubereien aufzuhalten. Mal mit Insekten, dann wieder mit Vögeln, aber alles half nichts sie blieb dicht hinter uns. Wir waren auch schon fast an unserem Ziel, jedenfalls kam die Erde immer näher auf uns zu und die Landung war recht grob. Ich fragte: „Sind wir da?"

Luka kletterte vom Reittier und half mir hinunter. Die anderen waren bereits abgestiegen. Wir standen direkt

vor einer eisernen Truhe auf dem die Siegel abgebildet waren. Kessallia sagte: „Schnell her mit dem Siegeln, wir müssen sie in die dafür vorgesehen Einkerbungen legen."
Luka holte hastig die beiden Siegel heraus die er in seiner Tasche hatte und Kessallia tat dasselbe. Die Truhe öffnete sich langsam. Viel zu langsam, Edea war auch bereits gelandet und hatte das Schwert der Götter in ihrer Hand. Luka schubste mich hinter die Truhe und zog sein Schwert. „Was du Narr willst mit einem normalen Schwert gegen mich antreten, ist ja lächerlich du Taugenichts.", sagte Edea mit einem siegessicheren Lachen. „Nehmt sie gefangen", fügte sie noch hinzu. Doch Kessallia durchbohrte die anderen

Götter mit einem vielsagenden Blick und keiner der anderen Götter tat wie ihnen von Edea befohlen wurde. Vor lauter Wut tötete sie den nächststehenden Gott aus ihrem Gefolge. Was dazu führte das die anderen Götter taten wie ihnen befohlen wurde Kessallia, Joel und Maverick fest hielten, während Edea ihren eigenen Sohn Luka angriff. Mich hatten sie irgendwie übersehen, ich saß gut versteckt hinter der Truhen und wartete darauf dass diese endlich das zweite Schwert der Götter frei gab. Damit ich es Luka zuwerfen konnte. Edea kämpfte gnadenlos gegen Luka und dieser versuchte verzweifelt den hieben auszuweichen. Verdammt Edea hatte Luka an der Schulter erwischt, er strauchelte zu

Boden. Edea sah Kessallia mit einem wiederlichen sieges Grinsen an. Aber nun war endlich die Truhe offen und ich holte das Schwert hinaus und rammte es mit all meiner kraft in Edeas Leib. Edea ging regungslos zu Boden und ich lief weinend zu Luka. Die anderen Götter ließen den Rest von unserer Truppe los und Kessallia sagte zu mir „du kannst ihn noch retten."

„Aber wie, was soll ich denn tun?"

„Du musst ihm Leben einhauchen! So wie wir Götter den Tot bringen können, so können wir auch jemanden das Leben schenken."

„Ich versuche es, aber was wenn es nicht klappt?"

„Versuche es!"

Also versuchte ich es, aber irgendwie passierte nichts. Ich sah Kessallia mit traurigem und tränenunterlaufendem Gesicht an. Dann hörte ich eine leise, leicht benommene Stimme die sagte: „Ja, ich liebe dich auch!"

Ich drehte mich schlagartig zu Luka um und entgegnete „wie bitte, was hast du gesagt?"

„Halt die klappe und Küss mich endlich!"

Als ich endlich begriff dass es sich um Lukas Stimme handelte und er offensichtlich am Leben war, überschütte ich ihn nur so mit Küsschen. Er umschloss mit beiden Händen mein Gesicht und es gab endlich den lang ersehnten Kuss.